無能で悪女な妹は
冷徹無慈悲な
副団長様のお茶汲み係

無能で悪女な妹は冷徹無慈悲な副団長様のお茶汲み係

海空里和

illustration ぽぽるちゃ

CONTENTS

ICHIJINSHA IRIS NEO

無能で悪女な妹は冷徹無慈悲な副団長様のお茶汲み係

第一章　無能で悪女な妹

「まあ、愛人が歩いているわ」

「本当だわ。あんな悪女を許容されているカミラ様はさすが、次代の大聖女様と言われるお方ですわ」

　王城に連なる神殿に向かう途中、姉の後ろを歩いていると、いつもの噂話《うわさばなし》が私の耳に入った。

　噂話が聞こえてきた方向へキッと睨《にら》むも、クスクスとご令嬢たちの嘲笑が私を追い立てる。

（毎日、毎日、同じことを飽きないの？）

「見て、あの格好。カミラ様の侍女にでもしてもらったのかしら？」

　私、レナ・チェルニーは男爵家の次女に生まれた。ストロベリーブロンドの長いストレートな髪とスカイブルーの瞳《ひとみ》を持つ、ごく普通の貧乏令嬢だ。着ている服は平民も着るワンピースで、長い髪は頭の高い所で一つに結わえている。とても動きやすくて機能的だと思う。

　前を歩く姉、カミラは同じ色の瞳だが、艶《つや》やかな紫色の髪をウェーブさせ、眩《まばゆ》いドレスで美しく着飾っている。

　同じ貧乏男爵家の娘なのに、なぜこんなにも格差があるのかというと、姉は次代の大聖女と言われるほどの力を持つ聖女だからだ。

「カミラ様、お待ちしておりました」

神殿までたどり着くと、新米の神官が恭《うやうや》しく姉を出迎えた。

「あの……」

神官がちらりと姉の後ろにいた私を見る。

「ああ、この子は無能と言われようとも、チェルニー男爵家の娘ですもの。彼女の後学のためにも私の付き添いとして神官長様の許可は得ているのよ？」

姉はお決まりの説明をしながら神官に顔を近付け、妖艶《ようえん》に微笑《ほほえ》んだ。

「そ、そそ、そうでしたか！　さすがカミラ様！　何とお優しい！　そういうことでしたらどうぞ、妹御もお通りください」

神官は顔を赤らめながらも姉に向かって腕を広げ、ずずいと道を譲る。

（ああ、この人もね……）

顔を赤らめながらぽーっと姉を見つめる神官に、私の姿は一切映らない。

「さあ、行きましょう、レナ？」

姉は満足そうに微笑むと、私を振り返った。

「はい……お姉様」

くすりと微笑む姉は、私に寄り添うふりをしながら耳元で囁《ささや》く。

「せいぜい私の引き立て役でいてね、無能さん？」

（この猫かぶりの悪魔!!）

悔しいけど、世間的にも家の中でも力を持つ姉に私は逆らえないし、言い返せない。私ができるのは心の中で抵抗することだけだ。

歪《ゆが》んだ私の顔を見て満足した姉は、ドレスを見せつけるように翻《ひるがえ》し、また良い姉の顔に戻る。

「さあ、レナ、困っている方が待っているわ！　しっかりお勉強するのよ？」

「……はい、お姉様」

（何が困っている方が待っているわ、よ！）

弾むように歩く姉に、すれ違う神官たちは皆心を奪われたかのように視線を送っていく。その後には必ずセットで無能な妹への陰口が囁かれる。

（あーあ、ここでも毎日、毎日。神殿って女神を祀《まつ》る場所でしょ!?　人の陰口なんて言っていて良いの!?）

こんな毎日を送る私は、すっかりやさぐれてしまっている。でも、私にも目的があって姉について神殿まで通っているのだ。

「ああ、カミラ様、お待ちしておりました。どうかお助けください」

大聖堂には今日も聖女の救いを求めて多くの人が順番待ちをしていた。

癒《い》やしの力を持つ聖女はどんな病や怪我《けが》も治すが、その存在は希少だ。昔は国中に存在したらしいが、今ではこの王都の神殿に集約されるほどの人数しかいない。そのため寄付金を積んだ人が優先され、中に入れるのは貴族や豪商の人たちばかりになっている。

貧しい民は国の措置により安価で聖女の治癒《ちゆ》を受けられるが、その枠は少ないため順番待ちになっていて、いつになるかわからない。

(緊急性が高い人を優先するようにはされているけど、長く病に苦しむ人は大勢いるのよね)

聖堂の窓越しに外を見ると、今日も神殿への申請に押しかける人が列をなしている。

この措置は王太子殿下が講じたばかりで、運用がまだ上手《うま》くいっていないのは仕方ない。

「レナ？　何をやっているの？　行くわよ、このノロマ」

誰も見ていないと取り繕わない姉が、私に向かって苛立《いらだ》ちをぶつけた。

「はい、お姉様」

私は返事をすると、姉をこれ以上怒らせないように早足で追いかけた。


「ではカミラ様はこちらの部屋をお使いください」

神官の案内で私たちは大聖堂の脇にいくつかある小部屋の一つに入る。

その小部屋それぞれに聖女が入り、聖堂の患者を診《み》ていくのだ。もちろん聖女を選ぶことはできないが、姉のカミラは圧倒的な人気で、お金持ちたちが姉に診てもらうべく裏で神殿への寄付金を積み合っていると聞いた。そんな姉を重宝する神殿は、彼女に一番良い部屋を充《あ》てている。

「ねえ、レナ、今日こそお金持ちのイケメンが私を見初《みそ》めるかしら？　みーんな私の虜《とりこ》だものね？」

小部屋に二人きりになると、すぐに姉の本音が漏れ出た。

「メイソン様が悲しまれますよ……」

「ふふ、もちろんメイソン様より良い人が現れなかったら、彼と結婚するわよ？」

姉は悪びれもせずクスクスと笑いながら言った。

メイソン様とは、メイソン・シクス伯爵令息のことで、姉の婚約者だ。

そして、私が彼の愛人と言われる原因になった人でもある。

「さあ、最初はどんな方かしら？」

姉が期待で声を弾ませたと同時に、部屋の扉がノックされた。

私は扉を開け、一人目の患者を中に入れる。

「カミラ様、あなたに治療していただけるなんて、私は幸せ者です」

部屋に入るなり興奮した様子でそう言ったのは、整った顔立ちの青年だった。彼は姉に深くお辞儀をすると、向かいの椅子《いす》に腰掛け一枚の紙を手渡した。

その紙はカルテで、目を落とすと青年が城勤めの文官で伯爵家の次男だと書かれている。

（顔はお姉様好みのイケメンだけど、お眼鏡に適《かな》わないでしょうね）

聖女の仮面を被《かぶ》った姉はニコニコと表情を崩さないまま後ろに立つ私を振り返ると、すぐに鋭い目になる。

（あー、はい……）

姉の圧に急《せ》かされ、私は伯爵子息のカルテに目を走らせる。

（腕の痺《しび》れ……）

カルテに書かれた情報を元に彼の腕を視《み》た。

（付け根の魔力が停滞しているわね）

人の身体《からだ》には魔力が流れている。魔法を使えようが使えまいが、誰しも持っているものだ。

私は、人や物に流れる魔力を目で視ることができる。それは人体に及ぼす病気や怪我にも直結していて、どこが悪いのか魔力の流れから一発で探り当てられるのだ。

私は補佐をするふりをして伯爵子息の腕を取り、姉に治癒する箇所を差し出す。

姉は聖女の微笑みを彼に作ると、そこに聖魔法を注ぎ、治療していく。

腕に触れられた伯爵子息は顔を赤らめ、聖女カミラに熱い眼差《まなざ》しを向けていた。

（皆、愛人《私》の存在でお姉様に同情すると同時に、自分が婚約者という立場にすり替われないか期待してしまうのよね）

目の前の伯爵子息も完全に姉に落ちている。

「終わりました」

治療を終えた姉が声をかけると、伯爵子息は我に返り、姉の手を取った。

「凄《すご》い……！　痺れがなくなっている！　さすがはカミラ様……！」

蕩《とろ》けた瞳で姉を見つめる伯爵子息の次の行動は目に見えている。

「カミラ様、よろしければこのあと……」

「まあ！　良かったですわ。あまり無理はなさらずにね。では次の方が待っていらっしゃいますので」

案の定、デートに誘おうとした伯爵子息だったが、空気を察した姉が彼の言葉を遮る。

「あの……」

「出口までお送りして、レナ？」

「はい、お姉様……」

諦めきれない伯爵子息から顔を背け、姉は私に笑顔で圧をかけた。

（はいはい、早く追い出せってことですね）

優しい口調の裏にはそんな本音が隠されているのを私は知っている。後で姉が癇癪《かんしゃく》を起こすと面倒なので、伯爵子息を出口まで誘導した。

「治療の邪魔になりますのでお帰りください」

「カミラ様……！　いずれまた……！」

私に背中を押され、出口から追い出されながらも伯爵子息が叫ぶ。姉は聖女の笑顔を保ったまま、手を振り返していた。


「それではお大事に」

伯爵子息を小部屋の外まで送ると、彼に一礼をした。

「そうやっていつもカミラ様の邪魔をしているのだな。さすが無能は浅ましい！」

そんな罵声が上から降ってきて、驚きで顔を上げる。

「私と彼女の幸せを次は邪魔するなよ！」

　彼は愛し合う二人が引き裂かれたかのような台詞《セリフ》を吐き捨てると、ふんっと鼻を鳴らし踵《きびす》を返して行ってしまった。

（えええ？？？）

　彼の傲慢《ごうまん》な態度に腹を立てる。

（お姉様がやんわり断っていたのを、私のせいですって⁉　どういう神経をしているのよ⁉）

　こんな理不尽な怒りをぶつけられるのも、いつものことだ。

「はあ――」

　思わず大きな溜息《ためいき》を吐き出してしまう。がっくりとしながら部屋に戻ると、姉がフカフカで豪奢《ごうしゃ》な椅子の上で足をブラブラとさせてぼやいていた。

「あーあ、神官長に長男以外取り次がないようにしてもらおうかしら。あ、でも高位貴族の子息まで断っちゃったらもったいないわよねえ」

　姉カミラのおかげで、神殿には寄付金が多く集まる。そのことで神官長は、基本姉の言いなりだった。

　それから姉は何人かの患者を診たが、今日も不発だったらしい。

「何よ、最初の次男以外、気持ち悪い金持ちジジイばかりじゃない」

　身体の不調は歳《とし》を取るほど出やすいので、患者が偏るのは仕方がない。

「若いお金持ちに絞るべき？」

（そうすると患者が限定されて寄付金が減るから、神官長は渋るでしょうね）

「ちょっと、レナ？」

私が呆《あき》れて見つめていると、いつものように姉は顎《あご》だけをクイと動かし、私に指示をする。

「はい……」

私は言われるがまま足元に跪《ひざまず》き、姉の手を取った。

魔力の流れを視て濁った姉の聖魔力を吸い取る。

「くうっ……」

姉の濁りを吸い取った瞬間、手の痺れが私を襲う。次々に痛みが襲ってきて、私はがくりと両手を床についた。

「あとのカルテは部位がはっきりしているから、あんたがいなくても大丈夫ね。しばらく後ろに下がってなさい」

そんな私を気にするでもなく、カルテを見ながら姉が言った。

「はい……」

濁った聖魔力を吸い取ると、反動で私に痛みが返ってくる。今日は伯爵子息の腕の痺れまで返ってきた。

私はフラフラと後ろに用意された小さな椅子に腰掛けてうなだれる。

聖魔力を浄化された姉は元気になり、また次々に患者を診続けた。

補佐も勉強をする姿勢も見せない私を、入ってくる貴族たちはこぞって侮蔑の目で見た。

その度に姉は「妹も疲れているのですわ」と優しい姉の顔をし、彼らは「疲れているのはあなたでしょう」と熱のこもった瞳を向けた。

患者がいなくなると姉は愉悦の表情で私に言った。

「最高の気分よ、レナ。ほんと、あんたみたいな無能が私の妹で良かった」

私は痛みと戦いながら、歪んだ姉の笑顔をぼんやりと見ていた。

聖女の聖魔法は治癒に使うとだんだんと濁っていき、魔力も減る。そうなるとその日はもう聖魔法を使えなくなってしまう。

でも姉のカミラは、私の魔力を視る力によりピンポイントで聖魔法を使い、魔力の消費を抑えている。それに加えて濁った聖魔力を吸い出させることで回復し、より多くの治癒ができるようになるのだ。

普通の聖女の二倍も治癒を行使できる姉は、神殿から次代の大聖女と呼ばれている。貴族間でも完璧な淑女として名高く、こぞって高位貴族たちが姉に会いに来るようになった。

（それもこれも、無能だと蔑《さげす》む私の力があってこその実績なのに!!）

「あーあ、疲れちゃった。もう終わりにして帰りましょう。どうせ私が最後でしょ？」

聖女の仮面に飽きた姉は、椅子でうなだれる私を振り返り立ち上がる。

（まだ少し目眩《めまい》がするけど――）

姉がいなければこの神殿にもいられない。私は気合いを入れると、足に体重をかけた。

「何よ、その顔。無能なあんたの使い道を私とメイソン様が見出してあげたんだから、感謝しなさいよね!?」

ふらつく身体を必死に立ち上がらせ苦痛に歪ませた私の顔を見るなり、姉が不快そうに放った。

(ああ、また癇癪が始まった……)

姉は私だけでなく、この世の何もかもが気に入らないと、こうやって癇癪を起こす。

私は暴言が収まるまで静かに聞くことしかできない。

「私はあんな貧乏な家で終わらないわよ！　綺麗《きれい》なドレスを着て皆にチヤホヤされて、最高の結婚相手を見つけたら、聖女だって辞めてやるんだから！」

次代の大聖女とまで言われる人がこんな心持ちなんてやるせない。

古《いにしえ》の時代、リナンファ王国は治癒魔法を使う乙女《おとめ》によって救われたと伝えられている。この国が女神信仰である由縁だ。その乙女は王に嫁ぎ、力を継いだ娘たちが「聖女」と呼ばれるようになったらしい。聖女たちは有力貴族へと嫁ぎ、その力は貴族間で引き継がれていった。

時代の移り変わりで聖女の力は必ずしも継承されるものではなくなり、その数を減らしている。

その中でも我がチェルニー男爵家は代々聖女を輩出していた。

私たちの母も聖女だったが、聖女の力が及ばない人たちのために薬を研究していた。

病気や怪我をした人は医者にかかり、薬を処方してもらう。それでも手に負えない症状を診るのが、聖女の本来の仕事だ。しかし、経過観察を厭《いと》う貴族たちが神殿をお金で徐々に独占していき、平民の利用さえも多額のお金がかかるようになってしまった。

母の実家は薬師《くすし》を営んでおり、薬の重要性を誰よりも理解していたのだと思う。聖女に頼らなくとも薬で多くの人を助けようと尽力していた母は、私の憧れだ。

　でも、それによってうちは貧乏だった。姉はそんな家に嫌気がさしているように見えた。

姉は自身に聖女の力があると知ると、チェルニー家が治める町は顧みず、神殿に通い続けた。

　一方の私には聖女の力は無く、「チェルニー家のくせに無能」と言われていた。

　しかしそんな私でも、母は愛情を注いでくれた。母の薬の研究を手伝うようになった私は、ある日魔力の流れが視えていることに気付く。

　きっかけは母の作る薬に色が付いて視えたことだった。それが魔力の流れだとわかったのは、人の体内に流れる色も視えていることに気付いたから。その色は魔力の属性によって色を変え、薬を作る上でも相性の有無を視るのに役立った。

　ある日、神殿帰りで疲れていた姉の聖魔力が濁って視えた。可哀想《かわいそう》だなと姉の肩に手を置いたところ、濁った聖魔力を吸い取ってしまった。

　驚く姉に気持ち悪いと罵られ、私も自分の力に恐ろしくなり、屋敷の奥にある母の研究室に閉じこもるようになった。

『その力は、たくさんの人を救うために女神様がレナに与えてくれたんだよ』

　母は私にそう言うと、その力を活用する道筋を示してくれた。

　私は母の濁った聖魔力を吸い取る訓練を病気の領民たちを回診しながら行い、次々に成功していった。

　その代償が痛みとして私に跳ね返ってくることも判明する。濁った魔力を吸い取るだけなら死に至るまでではないが、病気や怪我を直接魔力で吸い出そうとすれば危険なことが、自らを実験台にしてわかったのだ。

私は吸い取った聖魔力を元に母と薬の研究を続けた。

母は病気だったため、聖女の力を多くは発揮できない。しかし二人で研究した薬が多くの領民の命を救うことに成功している。

そんな母の病気は難病で、聖魔法の力も薬も効かず亡くなってしまった。

母を亡くし父は塞ぎがちになった。ますます落ちていったチェルニー男爵家に、神殿で姉を見初めてやって来たのがメイソン様だ。

シクス伯爵家の嫡男で次期伯爵のメイソン様は青い髪と青い瞳の顔の整った青年で、姉は最初彼に夢中だったはずだ。

二人はすぐに婚約し、シクス伯爵家の援助でチェルニー男爵家も持ち直した。父はメイソン様に頭が上がらず、チェルニー男爵領はシクス伯爵家監視下にあると言ってもいい状態である。

さらに気持ち悪いと姉は私を避けていたが、メイソン様が私の能力に目を付ける。

すぐさま私を姉付きにさせて神殿に通わせ、姉の聖魔力を浄化させる役割を担わせた。

それから姉は聖女の中でも頭角を現し、ある手柄がきっかけで次代の大聖女と言われるまでになったのだ。

我が町の命運を握るメイソン様には逆らえない。私は言われるまま、姉の聖魔力を吸い続けた。

それでも母の代わりに姉の聖魔力を吸うことで、私は多くの症状の薬を研究できる。

苦しい思いもするが、母の遺志を継いでいける。私はそのことに希望を見出した。そして今に至る。

「ちょっと、聞いているの!?」

バシッと姉の平手が頬《ほお》に飛んできた。

やっとの思いで立っていた私はよろけてその場に転んでしまった。

(最近は暴力まで振るうようになってきて、手がつけられないじゃない)

姉は苛立ちの全《すべ》てを私にぶつける。一度言い返したとき倍になって返ってきたため、静かにやり過ごすのが一番だと悟った。

「ふふ、ふふふふ」

転んだ私を見下ろし、姉が愉快そうに笑う。

「無能で誰からも振り返られないしみったれたあんたより、私が幸せだから妬《ねた》んでいるのよねえ？」

姉はコツコツと私の側《そば》に寄り、顔を寄せた。

「はい。お姉様が羨ましくて妬んでいます」

その場を凌《しの》ぐために思ってもいないことを口に出す。姉はその言葉に口元を綻ばせ、私の手を取った。

「わかっているわぁ、私は美人で有能で、あなたとは違うもの。でも妹の嫉妬《しっと》くらい受け止めてあげないとね？」

ふふと機嫌を直した姉は、私の手を引いて部屋を出る。

「カミラ様!!　遅くまでお疲れ様でした！」

神官たちがずらりと姉を労《ねぎら》い、出迎えた。

大聖堂にはすっかり人がいなくなっている。やはり私たちが最後だったらしい。

「あら、神官長は？」

いつもは見送りにくる神官長がいないことに不満な姉は、それを表には出さずに神官へ尋ねる。

「し、神官長は今、来客がありまして！」

「来客？」

私よりも大切な客なのかと姉の目が言っているが、神官はもちろん気づかない。声をかけられ舞い上がっている。

「はい！　騎士団団長と副団長がお越しになっています！」

「何ですって⁉」

瞬間、姉の目の色が変わった。

リナンファ王立騎士団は、アクセル・ラ・リナンファ第二王子殿下が騎士団長を務めている。副団長のエリアス・クレメント様は公爵家の三男で、第二王子殿下とは従兄弟《いとこ》の間柄だ。

二人とも見目麗《みめうるわ》しく、王城でも噂の的である。

結婚相手としては最上級な相手だと、姉は何とかお近づきになれないかと鼻息を荒くして機会を待ったが、お二人が神殿を利用されることはなかった。

騎士団の魔物退治の遠征には聖女たちもついて行くが、お二人は強く、そこでも聖女の世話になるような怪我はされなかった。

私たちも何度か遠征について行ったが、そんな機会はなく逆にこちらが怖い目に遭っている。

それ以降、大聖女候補の地位を得た姉は遠征を断っていた。

『大聖女になればお近付きになれるかしら？』

最初はそう言っていた姉だったが、その頃にはさすがにメイソン様との結婚話が進んでいるだろう。

それに加えてあまり働きたくない姉はお二人を諦めて、より良い相手を探すことに切り替えたらしい。

「なら、私もご挨拶しないとね？」

(何が、「なら」なの⁉)

嬉《うれ》しそうに手を合わせた姉に、神官たちも「そうですね！」と同意するだけ。

私は神官たちに蔑んだ目を向けられ、大聖堂内に残ることになった。

「お前はここにいろ」

「レナ、ここで待っていてね？」

姉は嬉しそうに私に向かってそう言うと、いそいそと神官たちについて行ってしまった。

誰もいなくなった大聖堂に一人、シンとした空間が心地よく感じる。

「女神様、この国の神様なら、平等に人を救ってよね……」

立派なステンドグラスをバックに佇《たたず》む女神の像に、詮無《せんな》きことを呟《つぶや》いてみる。

「まったくだな」

「⁉⁉」

誰もいないはずの大聖堂から声がして、私は飛び上がった。

声がした方へ視線を向けると、女神像の前に並ぶチャーチベンチから男性が姿を現した。

（はっ、恥ずかしい!!　独《ひと》り言《ごと》を聞かれてた!?）

（あ、あんな所に人が寝そべっていたなんて！）

驚きと恥ずかしさで慌てふためいていたが、ふと冷静になってその声の主を見る。

黒い髪に金色の瞳の見目麗しい男性は、この国の白い騎士服がよく似合う。

「エリアス・クレメント副団長様……？」

その姿に目を奪われ、ぽつりと溢《こぼ》してしまう。

「俺を知っているのか。お前は聖女か？」

「いえ、私は聖女ではありません！」

名前を呼ばれ少し怪訝《けげん》な顔をしたエリアス様に、私は慌てて答えた。

「ふ、それもそうか。聖女が女神にあんなことは言わないな」

（笑った？）

凛々《りり》しいその口元が少しだけ緩んだように見えて、ついじっと見てしまう。

副団長のエリアス様はその見目から人気はあるものの、冷徹無慈悲として有名だ。そんな噂で彼が皆に恐れられていようが、私は優しい人だと知っている。

「あの……」

私が声をかけようとしたとき、エリアス様が何かに気付いて驚いた顔をした。

「その頬はどうした？」

「あっ……」

エリアス様に指摘され、思わず頬を押さえる。先ほど姉に叩《たた》かれたところが腫れていたのだ。

「なるほど……」

エリアス様はチャーチベンチから立ち上がり、何かを納得したかのように私に近付いて来た。

「あの……？」

あっという間に目の前に現れたエリアス様は、私よりも頭一つ分背が高く、見上げる形になってしまう。

「神殿から虐待を受けているのか？」

まごつく私の頬にエリアス様がそっと自身の手を添えると、そこから冷たい冷気が伝わる。

「え、あの……」

（魔法だ！）

エリアス様の魔法が腫れた私の頬を冷やしていく。

どんな人にも体内に魔力が巡っている。その魔力には属性があるが、大抵の人は魔法が使えないので、自身の属性もわからないまま暮らしている。エリアス様のように魔力を具現化できる人は聖女同様少なく、滅多にお目にかかれるものではない。

聖魔法以外の魔法は、魔物討伐のためだけに使われている。エリアス様は剣の腕もさることながら、氷魔法も駆使して多くの魔物を倒してきたと聞く。

初めて見る姉以外の魔法に感動する。しかも、私なんかにエリアス様はその貴重な力を使ってくれているのだ。

突然の出来事に私は身を固くしながらも、彼に見惚《みと》れてしまう。

「神官付きの侍女だろう。ここにはアクセル殿下もいらっしゃる。虐待のことは俺が報告しておこう」

「えっと、あの……？」

エリアス様は何か誤解しているようだけど、大筋は間違っていないかもしれない。

どう説明したらいいのか悩んでいると、聖堂内が一気に騒がしくなった。

「レナ!!」

姉が私を呼ぶ声に、「まずい！」と身体がびくりと揺れた。

「待て、まだ冷やしたほうがいい」

エリアス様が離れようとした私の腕を掴《つか》む。

「レナ・チェルニー、副団長様に何をしているのですか!?」

姉と一緒に来た神官長の険しい言葉が飛んだ。

（えええ……私が腕を掴まれているのですが？）

「クレメント副団長、お探ししました。その、殿下はご一緒ではないのですか？」

神官長はハンカチで汗を拭いながらエリアス様を窺《うかが》っている。

「そちらこそ殿下と一緒ではないのか」

厳しい視線を送るエリアス様に神官長はたじろぐと、いまだ側にいる私を睨んだ。私がエリアス様を足止めしていると思っているのだろう。

「あの、副団長様、私は大丈夫ですから」

これ以上変な悪評が付くのは避けたい。

「大丈夫じゃないだろう」

離れようとする私の腕を掴んだまま、エリアス様は私の頬の処置を続けようとする。

（変わってないなあ……）

そんなエリアス様の優しさに心が温かくなる。しかしすぐに恐ろしさで我に返り、姉の方を振り向けない。

「レナぁ？　何があったのぉ？　副団長様はお忙しいのだから、あなたなんかが引き止めてはダメよお？」

優しい声色だが、これは後から癇癪を起こす未来しか見えない。

ダラダラと冷や汗をかいていると、エリアス様が眉《まゆ》を少しだけひそめて私を覗《のぞ》き込んだ。

「おい、大丈夫か？」

（ああー、どうしよう!!）

「何か、面白いことになっているねえ？」

大聖堂内に声が響き、一斉に視線が集まる。そこには騎士団長、アクセル第二王子殿下の姿があった。

◇◇◇

二年前、大規模な魔物討伐が行われた。私と姉が参加した、最後の討伐だ。

聖女しか同行できない討伐になぜ私が紛れ込めたのかというと、姉の婚約者、メイソン様の力が働いていたからだ。彼の家は神殿に多額の寄付を納める筆頭貴族で、神殿への発言力があった。

姉の功績を積み重ねたいメイソン様は、神殿だけではなく魔物討伐にも、姉の付き添いとして私を同行させたのだ。

そこで私は死にかけた。野営地のすぐ側まで迫った一頭のグリフォンにより現場は混乱し、私たち聖女は一番に逃がされたが、その最中私は姉とはぐれた。

当時、騎士団長だったのは英雄と名高いアシル・ローレン様で、アクセル殿下は副団長として下につかれていた。

「団長!!」

逃げ遅れていた私は騎士たちの緊迫した叫び声に後ろ髪を引かれ、声がした方へ走った。

現場にたどり着くと、騎士たちがグリフォンと戦う主戦場よりも後方にアシル様は寝かされ、ぐったりとしているのを見つける。

「団長、しっかりしてください!」

「どうして突然……」

騎士たちがアシル様を取り囲み、泣きそうに見つめていた。

（外傷は、無いみたい……？）

憔悴《しょうすい》しているアシル様を取り囲む騎士たちの間から覗く。

彼の魔力の流れを集中して視ると、黒い靄《もや》がアシル様の心臓をめがけて蝕《むしば》んでいくのが視えた。

（これは……！）

私は知っていた。

（これは、呪いだ！）

ごく稀《まれ》に、魔物は呪いを放つ。それは外傷をつけないため、今まで原因がわからない不治の病とされてきた。

母と同じ症状だ。

私は後先考えず、動き出していた。

「すみません、通してください！」

「あなたは……そのローブは、聖女ですか？」

討伐に参加する際、聖女には揃《そろ》いのローブが支給される。姉の付き添いなだけの私にも、例に漏れず支給されていた。

「団長を助けてください！」

そのローブのおかげで私はあっさりと信用を得られ、アシル様の側に寄る。

「私に任せてください」

騎士たちにそう言うと、安心した顔を見せ、各々持ち場に戻って行った。

前線ではまだ苦闘が強《し》いられている。早くしなくては。

（まだ呪いを受けたばかりだから大丈夫かもしれない）

呪いは受けた瞬間苦痛でその場に倒れ込むほどだが、痛みが引いた後は時間をかけてじわじわと身体を蝕んでいく。ときどきやってくる痛みに襲われ、苦しみながら、治す術《すべ》もないまま死んでいく。

聖女ですら手が出ないやっかいなものだ。

私はアシル様の魔力の流れに沿って進行していく呪いを吸い取る。

「うっ……」

呪いの痛みがじわじわと私に移ってくると同時に、アシル様の意識がはっきりとしていく。

「――これは……！」

完全に意識を覚醒させたアシル様は身体を起こすと、信じられないとばかりに自身の手を見つめた。

（うう……初期段階なら大丈夫だと甘く見ていたみたい……）

屈強な騎士がぐったりするほどなのだ。私なんかが受けたら……。

（帰れば薬室に薬がある。早い段階ならすぐに治せるはず）

呪いの痛みに耐えながらも、私は何とか倒れずにアシル様を見て笑う。

「魔物から呪いを受けられていたのです」

「呪い!?　これが……？　本当に存在するなんて……」

当時も今も、呪いについてわかっていることは少ない。まるで伝説のように扱われていた。それを受けた当事者すら原因を知ることなく亡くなっていくことだってある。

でもアシル様はすぐに状況を呑《の》み込むと、私にお礼を言った。

「ありがとう、君のおかげで助かったよ」

「いえ……良かったです」

玉のような汗が私からぼとぼとと落ちる。

「君!?　大丈夫か？」

意識を保っているのがやっとな私の身体を、アシル様が心配そうに支えてくれた。

「おい！　この子を安全な場所まで送り届けろ！」

「！　団長！　良かった……！」

「ああ、この子のおかげだ。早く！」

「は、はい！」

アシル様は騎士に私を預けると、前線にすぐさま向かわれた。

私は騎士に馬車が停めてある広場の近くまで送ってもらった。

「ここで大丈夫です、ありがとうございました」

「でも……」

「早くアシル様の加勢に行ってください……」

辛《つら》そうな私を騎士は心配してくれたが、グリフォン討伐が最優先だ。

私を心配して何度も振り返りつつも、その騎士は戦場に戻って行った。

「レナ!?」

歩くのが辛くその場に座り込んでいると、聞き慣れた甲高《かんだか》い声が聞こえた。

「心配したのよ！」

私を見つけて走り寄ってきた姉は、きつく抱きしめると耳元で囁く。

「何をしていたのよ？　どんくさいわね。あんたがいなきゃ私の活躍が目立たないじゃない」

周囲の目を気にし、心配したふりをする姉の毒がいつものように私の心を蝕んでゆく。でもそれどころではない。吸い取った呪いのせいで身体に力が入らない。

「やだ、あんたまさか、力を使ったの？　私の指示もなく？」

姉の嫌悪感に満ちた瞳が私を見下ろしたとき、広場の近くで叫び声がした。

「うわああ!!　こっちにもグリフォンが向かっているぞ！」

その声に姉も私も顔が青くなる。

「大変！　早く馬車に乗り込まないと！」

急いで馬車に向かおうとした姉が一瞬立ち止まり、私を振り返る。

「おねえ、様……」

動けない私は助けを求めた。姉は美しい笑みを唇に浮かべると、恐ろしい言葉を発した。

「あんた、もういらない。メイソン様と結婚すれば、聖女だってやらなくて済むもの」

「お姉様……？」

姉の言葉が信じられなかった。腐っても姉妹だ。少しの情くらいあると思っていたのに。

「ごきげんよう、レナ」

姉はにっこりと微笑むと、馬車のある広場まで一気に走り出した。

「おねえさま――――!!」

その場にうずくまりながらも力の限り叫んだが、姉が振り返ることはなかった。

(そんな……まさか見捨てられるなんて……)

絶望と呪いの苦しみで私はその場に倒れ込んでしまった。

(……この呪いの薬を自ら試せるチャンスだったのになあ……)

アシル様を助けたことに後悔はない。だって、私はずっとこの呪いに苦しむ人を助けたかった。

母は薬の研究費用のため、ときどき魔物討伐に聖女として参加していて、そこで呪いを受けてしまった。領内に似たような症状で苦しむ元騎士のおじいさんがいて、私は二人の心臓近くに共通して黒い靄があるのを視た。そのことを伝えると、母は教会で見た古い文献の一節を教えてくれた。

『魔物の瘴《しょう》気《き》にあてられた者は聖女でも治せない。それはまるで呪いのようだ――』

どの魔物がどんなときにその瘴気を放つのかまでは記載されていなかったらしいが、私の視える能力で「呪い」と呼ばれるそれは、どんな魔物から受けようがまったく同じものだと定義づけてきた。

(結局、お母様もおじいさんも間に合わなかったんだよね)

私が呪いの薬を試作までこぎつけられたのは、最近のことだった。

だからこそ、アシル様が呪いを受けたとわかった瞬間、薬を完成させられると思ってしまったのだ。

（ここで、終わりかぁ……）

辺りには人一人いない。広場からは馬車が慌ただしく出発する音が先ほどまで聞こえていたけれど、急に静かになった。

バサバサと大きな羽音がすぐ側まで迫っているのがわかる。

（魔物にやられるのは嫌だな……）

呪いにも、その原因である魔物にも負けるなんて嫌だ。でももう身体が動かない。私はぎゅっと目をつぶった。

「おい！　大丈夫か？」

しかし一人死を覚悟していたとき、そこに現れたのがエリアス様だった。

「しっかりしろ！」

エリアス様は倒れていた私を抱き起こしてくれた。

「動けないのか……。くそ、他の者たちは逃げたのか」

広場に目をやると、私を抱き上げる。

「あの……」

意識が朦朧《もうろう》とする中エリアス様を見ると、彼は優しく笑って頭を撫《な》でてくれた。

「俺たち騎士団のために力を注いでくれてありがとう。よく頑張ったな」

その言葉に、私の目からは涙が溢れる。

頑張ったなんて、母しか言ってくれなかった。

「うう〜」

堰《せき》を切るように泣き出した私を横に抱えて、エリアス様は馬がいるところまで走った。私を前に抱えながら馬に飛び乗る。

「しっかり掴まっていろよ！」

すぐ後ろにはグリフォンが迫っていたが、騎士たちが足止めをしてくれていた。

エリアス様の温かな体温を感じながら、風景が流れていくのがわかる。

私たちを乗せた馬は、あっという間に王都に逃げ帰る馬車に追いついた。

馬車を停めさせると、エリアス様は私をそこに乗り込ませてくれた。

「気を付けて帰れよ」

別れ際、馬車に乗り込むために貸してくれた手の温かさと、優しい言葉が胸の中に染みていくのがわかった。

私はその温かい手から、彼の濁った魔力を吸い出した。

「！　こんな時まで聖女の仕事をしなくていい！」

濁った魔力を吸い出されたエリアス様の魔力は回復した。それを聖女の治癒だと勘違いした彼が私を窘《たしな》める。

「いえ、危険な任務に行かれるのですから、どうか万全で」

ふらつく身体を馬車で支えながら、私は笑顔を作った。

「……ありがとう」

エリアス様は少し呆れたように笑うと、また私の頭を撫でてくれた。

その大きな手を離すと、彼は馬に飛び乗り、来た道へと馬首を向けた。

「ありがとうございました！」

私が叫ぶと、エリアス様は振り返らずに片手だけ上げて返事をし、グリフォンの方へと戻って行った。

私を助けてくれた人がエリアス・クレメント様だと名前を教えてくれたのは、馬車に乗り合わせた聖女だった。

英雄アシル様の弟子で、鬼神のような強さを持つ。いずれアクセル殿下が団長に就任されるときには副団長になる人物だろうと噂される方で、名前だけは知っていた。

すっかり雲の上の人だと知った私は、淡い初恋を胸の奥に仕舞った。

エリアス様と前線に戻ったアシル様は、騎士団員一丸になって見事グリフォンを打ち倒した。

この大掛かりな討伐遠征を最後にアシル様は引退され、アクセル殿下が団長に、エリアス様が副団長に就任されたと聞いた。

そして、英雄アシル様を救った聖女として、姉のカミラが次代の大聖女候補として聖女の頂点に立つとともに、国内で注目を浴びることになった。

あの場にいなかった姉がなぜそうなったのかというと、私が寝込んでいる間にメイソン様と姉が嘘《うそ》で周りを固めたからだ。そして私が復帰する頃には、メイソン様に言い寄り姉を害する妹の悪評が広まっていた。

メイソン様は用意周到で、無能な妹は優秀な姉に何もかも敵《かな》わず、自暴自棄になっていると噂を流した。それを哀れに思いつつも、婚約者のカミラに被害が及ばないようメイソン様が私を愛人として仕方なく慰め、管理しているのだと、自身の立場が有利に働くよう触れ回った。

貴族に愛人自体は珍しくもないし、今や絶大な支持を得る姉の婚約者が発する言葉に、皆疑うことはなかった。

そうして私はメイソン様の愛人として縁談の話が来るわけもなく、だからといって家から出ることも叶《かな》わず、姉とメイソン様から逃れられなくなってしまった。

それに加えて姉は討伐に参加するのを拒めるようになり、私も騎士団との接点が無くなったことでエリアス様を遠目で拝見することはあっても、お会いする機会はまったく無くなったのだった。

◇◇◇

「何か、面白いことになっているねえ？」

大聖堂に入って来たアクセル殿下に皆、頭を下げる。

「エリアス、どうしたんだい？　君が女の子を気にかけるなんて珍しい」

殿下はふふ、と笑いながら私の腕を掴むエリアス様の手を指差す。

「いや、この子の頬が腫れていて」

エリアス様は神官長をじろりと睨んだけど、そっちじゃない。

「まあ！　またやったの⁉　レナ！」

すぐに口を挟んだ姉に、えっ？　となる。

（またやった、とは？）

私が首を傾《かし》げていると、姉は瞳を潤ませてエリアス様ににじり寄った。

「妹は人の気を引くため、いつもこういうことをするのです！」

「なっ……」

姉の言葉に絶句した。

「またですか！　レナ・チェルニー！　これ以上カミラ様に心労を与えるならここも出禁にしますよ！」

神官長から非難の言葉が飛んでくる。

（また？）

疑問に思ったところで、ああと思った。

姉はいつも『私を苦しめる妹』を涙ながらに触れ回っているのだ。

皆同情し、それでも妹を勉強のためにと神殿に連れて来る姉を称賛する。

気を良くした姉は、私への暴力さえ自分の評価のために真実を捻《ね》じ曲げる。

「レナ、副団長様に謝るのよ！」

姉の仮面を被ったこの悪魔は、エリアス様への謝罪を求めた。

（何で私が……）

グッと拳を握りつつも、姉に頷《うなず》いた。ここで言うことを聞かないと、後でもっと酷《ひど》い目に遭うからだ。

「副団長様……、申し訳ございません……でした」

私はエリアス様に向かって頭を下げた。

彼は私の、大事な大事な思い出の人だ。再会できるなんて思っていなかった。

(ああ、せっかく再会できたのに、せめてエリアス様には悪い印象でいたくなかったなあ)

この先一生会えないとしても、エリアス様の優しい思い出だけを胸にこれからも生きていけると思った。

(お姉様は私のそんな気持ちさえ踏みにじるんだな)

じわじわと悲しみと諦めが胸に広がる。

「本当に?」

「え?」

エリアス様から意外な言葉が出てきて、私は思わず顔を上げる。

「お前がわざと？　そんなふうには見えない」

エリアス様はそっと腫れていた私の頬に触れる。

「副団長、様?」

ほんの数秒、視線が交わる。それを姉は許さなかった。

「副団長様は、妹の噂をご存知ないからですわ!」

「噂？」

姉の言葉にエリアス様の瞳が鋭くなる。

「このレナ・チェルニーは、カミラ様を困らせるばかりか、姉の婚約者にも手を出す悪女ですぞ！」

正義を振りかざすかのように、神官長が姉の代わりに答えた。

（ああ……私の悪評がエリアス様の耳に入ってしまった……）

ちらりとエリアス様が私を見る。私は思わず目を伏せた。

（私を罵り、お姉様を可哀想に思い、魅力に目を奪われる。いつものお約束かな）

すっかりやさぐれモードの私は、初恋のエリアス様にさえそんなことを思ってしまった。でも、エリアス様は――

「俺は見たものしか信じない」

その場できっぱりと告げた。

「お前も聖女なら嘆いていないで、妹くらい悪評から守ってやれ」

そして姉に向かってそう言い放った。

アクセル殿下はなぜかお腹《なか》を抱えて笑っていた。

「あんの、男、何様よ!!」

家に帰るなり姉は荒れていた。そっと自室に戻ろうとしたが見事に失敗して、私は居間の入口で立たされている。

「私の美貌に目がくらまないなんておかしいんじゃないの!?　ねえ！」

「はい。おかしいと思います」

私は姉に同意する。

(エリアス様、ごめんなさい!!)

心の中ではエリアス様に謝りつつ、姉の感情を逆撫《さかな》でしないよう慎重に言葉を選ぶ。

「ふん！　冷徹無慈悲と噂されるだけあって、何て思いやりのない人なの!?　普通、私を可哀想がるでしょう!?」

「はい」

「この私が嫁いであげてもいいと思ったけど、あんなやつ、こっちから願い下げだわ!!」

(エリアス様もお姉様を別に望んでいないと思うけど……)

心の中で突っ込みつつ、私は姉にうんうんと頷く。

(それにしてもエリアス様、素敵だったなあ)

昔見た綺麗な黒い髪と凛《りん》とした金色の瞳はそのままで、さらに逞《たくま》しくなった体躯《たいく》はすぐ側で見てわかった。

(昔、あの身体に抱き上げられて……)

思い返すと、恥ずかしくなる。

噂を鵜呑《うの》みにしないエリアス様の姿を思い返し、心の中でほうと溜息をつく。

初恋の思い出のまま、エリアス様は優しくて芯が通っていて、変わらず素敵な方だった。奥に仕舞った気持ちが出てきそうになって困る。

「そう、レナがあの方を誑《たぶら》かしたのね!?」

嵐が過ぎ去るのを待つ私は、すっかりエリアス様のことで頭がいっぱいだった。

(しまった……!)

そう思った瞬間、姉の平手が飛んでくる。

バシッと耳の近くに当たり、キーンとする。

嵐をやり過ごそうとして、姉の矛先が私に向かっているのに気づかなかった。こうなったら、姉の気が済むまでは長い。

「あんたが！　お金持ちにすり寄るなんて、百年早いのよ！　汚らわしい！」

姉は叫びながら、私の頬を何度も叩く。これはもう、殴られているのに近いだろう。

一度避《よ》けたことがあるが、逆上して倍になって返ってきたので、ここは受けるしかないのだ。

(ああ……こんな日常が一生続くのかな)

疲弊した気持ちが心を蝕んでゆく。

「お嬢様」

数少ない使用人の中の一人、執事が声をかけた。

「……なあに？」

殴るのをやめた姉はニコリと執事を振り返った。

「メイソン様がいらっしゃっています」

「まあ、大変！　お迎えしなくては。客間にいらっしゃるの？」

「はい」

（助かった……）

メイソン様は姉の素顔を知らない。従順で可愛《かわい》い淑女だと思っている。また、姉もメイソン様の素顔を知らない。

とにかく、人の前では良い姉に戻るので、メイソン様が来てくれて助かった。長時間コースは避けられたのだ。

この家の使用人たちも姉の私に対する虐待に気づいてはいるが、見ないふりをしている。

「レナ、あんたもご挨拶するのよ？　いざというとき、あんたには本当に愛人になってもらうんだから」

姉は執事に手鏡を持って来させると、髪を整える。

姉はメイソン様よりも良い条件の結婚相手が見つかったら、私という愛人を理由に婚約破棄するつもりでいる。もちろん、メイソン様は知らない。

姉に何度もぶたれた頬がヒリヒリと痛い。私は薬を塗るために一度自室に戻った。

私の部屋には自作した薬が所狭しと置かれている。打ち身用の塗り薬を手に取ると、机の上の小さな鏡で赤くなった頬を見た。

（エリアス様の魔法、気持ち良かったな……）

私は神殿で再会したエリアス様の魔法を反芻《はんすう》した。

「あれ？」

赤く腫れ上がる自分の頬を鏡越しに見て、違和感を抱く。

「んん……？」

目を凝らして、その正体を視る。

私の頬に微《かす》かに残る魔力は、それに沿うようにうっすらと黒い靄が見えたかと思うと、消えた。

今のって……。

「呪い……」

呟いてみて、首をブンブンと振る。

（まさか……。だって、エリアス様はお元気そうだった）

毅然《きぜん》としたエリアス様の顔が浮かぶ。

母も時折くる痛みと戦いながら、最後まで笑顔を絶やさず生きた。

もし、エリアス様が呪いを受けているのだとしたら――？

（助けたい！　あのときの恩返しをしたい！）

杞憂《きゆう》であって欲しいとは思う。でも、私は自分の目を信じている。

幼い頃から魔力の流れを視てきたのだ。そして、母を死にやった憎き呪いを見間違えるはずがない。

（でも、どうしたら……）

私ではエリアス様にお会いすることが叶わない。

ううーんと頭を悩ませていると、部屋の扉がノックされた。

扉を開けると執事が立っていた。

「その、カミラ様が支度はまだかと……」

執事は心配そうに言葉を紡《つむ》いだ。

後からまた姉が癇癪を起こして、それを受けるのはお前だぞと言わんばかりだ。見て見ぬふりをしてはいるが、心配はしてくれているらしい。

（いけない！　急がないと！）

執事にお礼を告げると、私は慌てて客間に向かった。


客間に入ると、派手な刺繍《ししゅう》のソファーに姉とメイソン様が仲良く並んで座り、楽しそうに身体を寄せ合っていた。

メイソン様は上品なグレーのベストとスラックス姿で、一見誠実そうに見える。胸元のレースのタイには青と紫の大きな宝石がついたピンを刺していて、姉との関係が順調だと世間に主張しているかのようだ。

爽やかな笑顔を向けるメイソン様に、頬を赤く染め微笑む姉は、傍《はた》から見ればお似合いなんだろう。

（この二人も大概よね）

「あらレナ、遅かったわね？　メイソン様がいらっしゃって張り切っちゃったのかしら？」

「遅れて申し訳ございません……」

「やあ、レナ。まあ、座りなよ」

メイソン様にぴったりとくっつきながら優しく微笑む姉の肩を抱きながら、彼は自分の隣に来いとソファーを手で示す。

（向かいのソファーが空いているのに、何でわざわざ……）

メイソン様の思惑をわかりつつも、心の中では悪態をつく。

仕方なくメイソン様の隣に腰掛けると、彼から肩を引き寄せられてしまう。まさに両手に花状態だ。

姉が悲しげな表情を作ってみせると、メイソン様は嬉しそうに姉の髪をすくい取り、キスをした。

「すまない、カミラ。レナが私の愛人だと対外的にも見せつける必要がある。本当に愛しているのは君だけだからね？」

「わかっております、メイソン様。全ては私のためにしてくださっていること……。でも妹が勘違いしてしまうのではと心配で……」

「大丈夫。私の心はカミラ、君にしかないから」

「メイソン様……」

（ええと、私は何を見せつけられているの……）

二人の素顔を知る私にとって、これは茶番でしかない。でもこの茶番のせいで、私は二人から逃れられないのだ。

「これも、君を大聖女にするためだよ」

「わかっております、メイソン様……」

メイソン様は姉の頬にキスをすると身体を離した。

「じゃあ、いいね？」

メイソン様の合図とともに姉は頷き、立ち上がるとソファーの後ろへ回り私を抱きしめた。

「レナ、メイソン様を好きになっちゃ嫌よ？」

そしてメイソン様に聞こえないよう、小さな声で耳元へ囁く。

「極上の相手が見つからなかったら、私がメイソン様と結婚するんだから、まだ色目を使うんじゃないわよ？　まあ、メイソン様は私に夢中だけどね」

「はい……」

私が返事をすると、姉は綺麗なお辞儀をメイソン様にして客間を出て行った。

「カミラは可愛い奴だなあ」

出て行った姉の姿を目で追い、メイソン様がいやらしい顔で笑う。

姉は知らないことだがメイソン様は女好きだ。顔が良いからモテる。そして、隠れて遊ぶのが上手い。私は愛人として何度も外でメイソン様に呼び出され、遊びの隠れ蓑《みの》にされている。

「あの、メイソン様……。いつまでこんなことをなさるのですか？」

「何だ、レナ？　俺の本当の愛人にして欲しいのか？」

メイソン様の素の顔が途端に現れる。

「お断りします……」

「まあ、俺もお前みたいな女はお断りだが」

（あなたが先に言ったんでしょ!!）

「俺と二人きりで過ごしたという事実さえあれば、お前を俺の愛人として縛っておけるからな」

「姉が大聖女になったら、私を自由にしていただけますよね？」

クスクスと笑うメイソン様の向かいに座り直し、彼を見据えて言った。

私の力に目を付けたメイソン様は、婚約者である姉を着実に大聖女へと押し上げている。伯爵家の中でもシクス家の繁栄は群を抜いていた。

このままいけば二人は結婚する。メイソン様の思惑通りになれば、私も解放されるんじゃないかと淡い期待を抱いていた。

「はあ？」

私の言葉にメイソン様の顔が歪む。

「お前、何言ってんの？　カミラが大聖女でい続けるためにもお前にはいてもらわないと困る」

「なっ……」

反論しようとした私の顎をテーブル越しにメイソン様が乱暴に掴んだ。

「結婚したあとも遊びたいしなあ？　お前のことは離さないよ、レナ？」

悪魔のような笑みを浮かべるメイソン様に私は背筋が凍る。

「姉のことは、愛しているんですよね？」

確かめるように聞く。

「もちろんさあ。大聖女の妻なんて、シクス伯爵家にとって利益以外の何ものでもない！　それにカミラは俺を愛している。従順で可愛い女さ。大事にしてやるよ」

笑うメイソン様を睨み、顎の手を払った。しかし彼は気にするでもなく続けた。

「ただ、他にもいい女はいっぱいいる。まあ、この男爵家と神殿から始まり、シクス伯爵家がこの国で幅を利かせるのも時間の問題だ。そんな俺をカミラ一人が独占するのはもったいないだろう？」

(最低な人……)

メイソン様のこの顔を知るのは私だけだ。姉だって知らない。

(従順、ねえ……)

姉は姉で、より良い結婚相手を探している。互いの利益のために相手を騙《だま》しているのだから、二人は似た者同士だ。

「愛人らしく、キスくらいはしてやってもいいぞ？」

「結構です!!」

ニヤニヤと笑うメイソン様に力いっぱいお断りした。顔は良いが、性格は悪い。私はそんな彼が苦手で嫌いだった。

でもこのチェルニー男爵家はメイソン様に押さえられたと言っても過言ではない。結局は逆らえないのだ。

(お姉様に本当にもっと良い結婚相手が見つかったらどうなるのかな……)

想像してゾッとした。私が巻き込まれるのは必須である。

「せいぜい、カミラの役に立て」

テーブル越しに腕を引っ張られ、強制的に立たされる。

そして彼は私のワンピースのリボンを解《ほど》くと、わざと服を乱れさせた。

「！　やめてください！」

メイソン様の腕を払い、乱れた胸元を手で覆った。

「そんな態度を取っていいのか？　レナ」

払われた手をじっと見ながらメイソン様が言った。彼の言葉にびくりと身体が縮まる。

「子供には薬を無償提供だったか？　金にならない政策だ」

ニヤニヤとこちらを窺うメイソン様は、私の顔が青くなったところで追い打ちをかける。

「そうだ、そんな政策は今すぐやめさせてしまおう！」

「それだけはやめてください！」

頭を下げ、彼に懇願した。

母が生きていた頃から、チェルニー男爵領の子供たちには薬が無償で提供されていた。

小さな田舎《いなか》町だが、貧乏領でも町民が慕って住み続けてくれている理由はそこにある。

おかげでうちは貴族なのに、貧乏だ。でも私は贅沢《ぜいたく》よりも、綺麗なドレスよりも、ワンピース姿で母と一緒に町を駆け巡るのが大好きだった。

母は領民を愛していた。

母を愛していた父は、母が亡くなった後もこの政策だけはやめることはなかった。

私も、母の遺志を無くしたくはなかった。

この政策が財政を圧迫しているとメイソン様に潰されそうになったのを、頭を下げて頼み込み、今も続けられている。

「……いい子だ」

メイソン様には逆らえない。彼はそのことをよくわかっていた。

抵抗をやめた私に、彼は上機嫌で距離を詰めた。

胸元の腕を取り、私を見下ろす。

「まあ、領民を見捨てて逃げたとしても、愛人のレッテルを貼られたお前がこの国で一人、生きていけると思わないことだな」

いやらしい笑みで私の胸元を再び乱れさせる。私はこの笑みが嫌いだ。

「お前があの薬室にこだわる限り、この王都から逃げ出せないこともわかっている。まあ、逃がさないけどね？」

そして自分の胸元のピンを取り外すと、私の手に握らせた。

メイソン様にされるがままの私は、動けずにいた。恐怖で心がメイソン様に支配されていく。

そのまま腕を引っ張られ客間を出ると、メイソン様の連れて来た伯爵家の使用人たちが目を丸くした。

(やられた……！)

我に返り、そう思ったときには遅かった。

「メイソン様……？」

メイソン様を見送ろうと待っていた姉が、私たちを見て瞳を揺らしていた。

「カミラ……私は、泣いて縋《すが》るレナを振り払うなんてできなかった……！　君に危害を加えるとまで言われてしまったら……！」

姉を抱き寄せて、「ふりだから安心して」と囁くメイソン様に、姉も「信じておりますわ」と返す。

「お優しいメイソン様を責められませんわ……！　全て卑《いや》しい妹のせいです！　妹は私のものを何でも欲しがるのですもの……！」

姉は本当に涙を流してメイソン様と抱き合う。

（何、この茶番……）

半目になって見ていた私だったが、気づけばこの場の空気を二人は制していた。

「カミラ様、お可哀想……」

「あのピン、メイソン様が大切になさっていた……！」

「またあの悪女か……二人の仲を羨んで強行に出たか」

シクス伯爵家の使用人たちは、メイソン様のピンを握りしめる私を蔑んだ目で見ていた。

姉の婚約者を脅して関係を迫った悪女の出来上がりだ。

（これ、また王城とか神殿とか社交界で噂が広まるの!?）

メイソン様もそのつもりで使用人たちをこんな不必要なほど大勢連れて来たのだろう。

皆の憎悪の視線が痛い。

（私は何もしていないのに。むしろ、被害者なんですけど!?　というか主人の不貞は責めないのね!!）

盛大な突っ込みを心の中で叫んでみたところで、現状は変わらない。むしろ、悪化した。
このままでは許容されている薬の研究もままならないかもしれない。

（だったら……）

私は決意した。この二人に完全に自由を奪われてしまう前に、エリアス様を助けたい。
姉に虐《しいた》げられ、メイソン様に搾取《さくしゅ》されながらも神殿に通い続けた目的を今こそ果たすのだ――。

第二章　リナンファ王立騎士団

薬は薬草を原料とし、主に飲み薬は粉状、塗り薬はクリーム状にして作られる。

母が領民のために作っていたそれらの薬は評価され、王太子殿下の計らいで今や国中の薬屋で扱われている。

王太子殿下は、母と一緒に薬を研究していた私を王立の薬室へ迎え入れてくれた。

私の力を利用したい姉やメイソン様は、私がそこへ通うことを快く思わなかったが、王太子殿下自ら力を入れる薬室には手が出せなかった。

私は姉が神殿に赴く日以外は薬室にこもり、薬の研究を続けた。

研究室には、薬にしか興味のない人たちばかりで、悪く言えば人に興味が無い。でもそのおかげで、私の噂《うわさ》もまったく届いておらず、唯一息をつける場所だった。

そこで二年前にアシル様から吸い取った呪いを元に研究を重ね、最近やっと効能を向上させることに成功したのだ。

私が飲んだ物よりも呪いを打ち消す魔力の力が増幅したこの薬は、きっとエリアス様を短期間で治してみせるだろう。

私は呪いの薬と、怪我《けが》に効く薬を斜め掛けの鞄《かばん》に詰め込むと、騎士団のある塔に向かった。

薬室に通う私は禁止エリア以外、王城を自由に歩ける。騎士団の場所は神殿とは真逆の方向で、神官たちに見つかることもない。そして薬室通いの日だけは姉もメイソン様も干渉できない。

(今日しかない)

この新しい薬は薬室長に報告を上げたばかりで、認可されるにも手続きと時間がかかる。そこから依頼を受けて薬を届けたのでは遅い。

エリアス様を助けたい私は、覚悟を決めて目の前にある騎士団の入口を見据えた。

入口には見張りの騎士が立っている。

「薬室のレナ・チェルニーです。薬をお届けにあがりました」

騎士に身分証を見せる。

「ああ、ご苦労。おい、ユーゴ！」

見張りの騎士は身分証を確認すると、奥にいる騎士を呼びつけた。

「はい！　ただいま！」

呼ばれて出て来た男の子は、私よりも少しだけ背が高い赤い髪の小柄な子だった。

「薬の納品だ。案内してやれ」

「はい!!　こちらへどうぞ」

見張りの騎士に指示された男の子が私を案内し、騎士団内への潜入に成功する。

(歳《とし》は私と同じくらいに見えるし、この挙動、もしかして見習いかな？)

意を決した私は、彼のすぐ近くに寄ってこっそりと話す。

「あの、実は今日、副団長のエリアス様から極秘に依頼を受けた薬を持って来ているんです」

「えっ!?」

驚いて思わず声をあげた男の子に「しーっ」と口に人差し指を立てると、彼も慌てて手で口を押さえる。

「エリアス様の執務室に案内してくれませんか？」

声を潜めた私の言葉に、彼は任務を請け負ったかのような強い瞳《ひとみ》で頷《うなず》いた。

（嘘《うそ》をついてごめんなさい！　でもエリアス様のためなの！　許して！）

罪悪感でいっぱいになりながらも、私は歩き出した彼の後をついて行った。


「ここです」

広い騎士団の塔の中を上に登っていくと、大きな両開きの扉の前に出た。一気に緊張が高まる。

「あの、俺なんかがお話できる方ではないので、あとは……」

「は、はい、ありがとうございます」

そう告げる男の子にお礼を言うと、彼は一礼して去って行った。

（さて……）

コンコン。はやる気持ちを落ち着かせ、とりあえず片側の扉をノックしてみる。

「誰だ」

中からはエリアス様の声がした。心臓がバクバクと音を立て、緊張が高まる。

（エリアス様を助けるんでしょ！）

「薬室の者です。副団長様に薬をお持ちするよう、言いつかって来ました」

震えそうな声を何とか抑えて声をかけるも、しばらく沈黙が続く。

「入れ」

扉を少しだけ開けたかと思うと、エリアス様は私を急いで執務室に入れた。

広い執務室は中央に黒で揃《そろ》えられた応接セットがあり、奥にはエリアス様の執務机がある。

ここに人は来ないのか、応接セットのソファーには毛布が一枚無造作に置いてあった。

（エリアス様、ここで寝泊まりされているのかな？）

「……ずいぶん早いな。殿下に言われて来たのか？」

執務室内をキョロキョロしていると、エリアス様が意外そうに私を見た。

（あれ、私のこと覚えていない？）

この前会ったときとは違う空気で緊張する。

そっと横目でエリアス様の身体《からだ》を視《み》ると、毅然《きぜん》と立ってはいるが、やはり呪いに侵されていた。

（やっぱり……!!）

自信が確信に変わった。彼の心臓近くに巣食う黒い靄《もや》は母と同じもので、私は叫びそうになった自身の口を両手で塞いだ。

「おい？　どうした？」

「すみません、緊張して……っ、そうです！　殿下のご命令で来ました」

エリアス様の問いに思わず嘘をついてしまった。

「そうか。まさか本当に薬が開発されていたなんてな。さっそく飲めるか？」

「はい！　お湯、お借りできますか？」

「出て右だ」

なぜかすんなりと事が運ぶことに疑問を持ちつつも、私はこの機会を逃したくなかった。

部屋を出ると、右の突き当たりに小さな水場があった。ここでお茶くらいなら入れられそうだ。

お湯を沸かしている間、先ほどのエリアス様の言葉を思い返す。

エリアス様は、「殿下に言われて来たのか？」と言っていた。「薬が開発されていたなんて」とも。

(薬のことは薬室を通じて、報告されているはずよね？　認可前だけどアクセル殿下が依頼しようとしていたのかな？)

疑問は残るけど、治療は早いほうが良い。ひとまず薬を飲んでもらえることになって安心だ。

乾燥させた薬草の葉や実を細かく砕き、粉状にした私特製の薬は、お湯で抽出することで完成する。

私は鞄から薬の瓶を取り出すとポットにお湯と一緒に入れ、蒸らした。それからトレーにポットとカップを載せてエリアス様の元へと急いだ。

「お待たせいたしました」

再び執務室を訪れると、エリアス様は部屋の中央にある黒いソファーに腰かけて待っていた。私は彼の近くまで行くと、ローテーブルにカップを置き、ポットから薬を注いだ。

表情を変えないエリアス様を再び視る。すでに心臓近くに居座っている呪いは、一足遅ければ命に関わっていたかもしれない。

（間に合って良かった……）

エリアス様はいったい、いつから呪いと戦っていたんだろうか。痛みに苦しむときだってあるだろう。それなのに気丈に振る舞い、騎士団の副団長として働き続けるエリアス様の精神力には驚かされる。

「普通の薬茶と変わらないな？」

カップを持ち上げ、匂いを嗅ぐエリアス様は薬を一気に飲み干した。

「……これで、治ったのか？」

身体を見回すエリアス様に説明しようと私が口を開いた瞬間、ノックされた執務室の扉が返事を待たずに開かれた。

「エリアス、次の選抜戦のことだけど――」

（アクセル殿下!?）

騎士団長でもあるアクセル殿下が執務室に押し入ってきた。

「あれ？　この前の子じゃない？　連れ込むなんて、エリアスもやるなあ」

私を見つけるなり目を丸くしたかと思うと、殿下はニヤニヤとして言った。

（これは……まずい状況なのでは……!?）

「は？　お前……殿下が遣わした薬師《くすし》だろう？」

お二人の関係性が垣間見《かいまみ》られるも、私はそれどころではない。背中の冷や汗が止まらない。嘘をついて騎士団に入り込み、エリアス様の執務室にまでいるのだ。

「君、神殿の子だよね？　何が目的？」

テーブルの上のカップを見て即座に状況を理解した殿下が、目にも止まらぬ速さで私の後ろに回り、両手首を後ろに拘束する。

突然の殿下の動きに、エリアス様も驚きと警戒した顔になる。

「わ、私、副団長様の呪いを治したくて!!　薬を持ってきたんです！」

必死に叫ぶと、エリアス様の目の色が変わり、私の後ろにいる殿下と顔を見合わせた。

（えっ……何？）

異様な空気に不安になっていると、私は手首を拘束されたままソファーに頬《ほお》を付ける形で取り押さえられてしまう。

「君、それどこで聞いたのかな？　神殿は君に何を探らせているの？」

「ええええ!?」

まるで犯罪者かのように殿下に取り押さえられ、大声を出してしまう。

「誤解です！　神殿は関係ありません！　私には人や物に流れる魔力が視えるんです!!　副団長様の呪いも――」

「おい！」

「むぐぅ……」

必死で喚《わめ》く私の口を、焦るようにエリアス様が塞いだ。

（エ、エリアス様の手が私の唇に……）

思いもよらないことに顔が赤くなる。と同時に、殿下の拘束の手が緩んだ。

「うーん、悪い子には見えないし、嘘は言っていないようだけど、一応取り調べしようか。いい？　エリアス」

「何で俺に聞くんだ」

「え？　その様子じゃ覚えていないみたいだね？」

取り調べという物騒な言葉に青くなりながらも、私はお二人のやり取りを見守る。

「その子、昨日エリアスが胡散臭い聖女から庇《かば》っていた子だよ？」

（え？　今殿下、何て言ったの？）

姉を修飾するのに耳慣れない単語が聞こえ、耳を疑う。エリアス様はそんな私を繁々《しげしげ》と見ると、思い出したように言った。

「ああ。あのとき虐待を受けていた侍女か」

「その子、侍女じゃなくてあの聖女の妹だって言ってたでしょ？」

「そうだったな」

昨日の出来事を思い出すようにエリアス様に、すかさずアクセル殿下から修正が入った。

「あの……？」

話が見えない私は困惑してお二人の顔を見た。

「ああ、ごめんごめん。じゃあ、行こうか？　取り調べ」

殿下はにっこりと笑うと、今度は魔法で私の手首を身体の前でくくりつけ拘束した。そして、あっという間にもう一つ上の階にある部屋まで連れて行った。

(私、生きて帰れるよね……？)

「さて、私の執務室なら音も情報も漏れないし、邪魔も入らないよ？」

連れて来られた部屋はエリアス様の執務室よりも広く、上質な調度品で揃えられたアクセル殿下の執務室だった。

真っ白な革のソファーに私は手を拘束されたままアクセル殿下の向かいに座らされた。私が逃げないよう見張るためか、隣にはエリアス様が座った。

「手荒なことをしてすまないね？　ただ、エリアスのことは機密事項だ。君が無害だとわかるまで拘束させてもらうよ」

殿下は綺麗だけど有無を言わせない笑みを浮かべた。

「さて、順番に聞かせてもらおうかな？」

「はい……」

ここは大人《おとな》しく従うしかない。

「先ほども申し上げた通り、私には魔力の流れが視えます。昨日副団長様に頬を冷やしていただいて、魔力の残滓《ざんし》から副団長様に呪いがかかっているとわかりました。それで今日、薬をお渡しするためにここに来ました」

「ふむ、神殿とは関係ないって言っていたけど、君はチェルニー男爵家の娘として神殿に通っているよね？」

「神殿には姉の命令で通っているだけです。聖女の力がない私は、本来薬師なのです。薬室で薬の研究をしていました」

「そう……薬の開発が進められているという噂は知っていたけど、本当だったんだね。ところで、その頬はまたお姉さんかな？」

「……」

　自身の頬を指でチョイチョイと指す殿下に私は口を閉ざす。

「まあ、言いたくないならいいけど。それで？　何で君は薬を持って来たの？　エリアスに飲ませたのは本当に薬？」

「おい……」

　アクセル殿下の失礼な物言いは薬師にとって侮辱だ。私は患者さんに薬を偽ることなんて死んでもしない。アクセル殿下を睨《にら》み、強い口調で説明をする。

「私の母は、呪いによって死にました。それから私はずっと呪いに効く薬の研究をしています。私自身も呪いを受け、当時作っていた薬によって生きながらえました。エリアス様に飲んでいただいた薬は、それをさらに改良したものです！」

　言い切ると、隣のエリアス様は眉《まゆ》を下げて私の頭に手を置いた。

二年前、私の頭を撫《な》でてくれた大きな手だ。

（やっぱり、優しい――）

エリアス様の魔力の流れを視れば、黒い靄はまだあるものの、その動きは穏やかになっていた。

（良かった……薬が効いているみたい。痛みの軽減だってできているはず）

私は目の前のテーブルに額をつける勢いで頭を下げて懇願した。

「お願いします!!　エリアス様の呪いを私に治療させてください！　この薬を飲み続ければ、呪いはきっと消えます！」

「……エリアス、薬を飲んでどうなの？」

頭を下げ続ける私の前でアクセル殿下が口を開いた。

「そういえば、痛みの発作が起こらないな」

「腕は本物みたいだね？」

「じゃあ……！」

やっと信じてもらえたかと顔を上げた私に、殿下は不敵に微笑《ほほえ》む。

「君、まだ隠してること、あるよね？」

その怖い笑顔に、私は洗いざらい話すしかなかった。

「ふうん……魔力を吸い取る力、ねえ。そんな力があるなんて報告聞いたことないけど」

私は自身の力について全《すべ》てを明かした。殿下は足を組み、頬杖《ほおづえ》をつきながら半信半疑で聞いていた。

母は私の力が迫害されること、悪用されることを恐れて誰にも言わなかった。姉は気味悪がってそのことを口にしない。そしてメイソン様は、自身の利益のため口外していない。

私の力のことは幸か不幸か、外に漏れることはなかった。

「そうして薬なんてまどろっこしいこと言ってないで、エリアスの呪い、君の力で吸い取れるよね？」

「!!」

殿下の鋭い指摘に私は息を呑《の》む。

(それは、そうきますよね)

私はゆらりと立ち上がり、不敬と知りながらも殿下とエリアス様を見下ろす。

「……お望みでしたら、やってみせます」

「じゃあ、やってみせてもらおうかな？」

アクセル殿下は笑顔のまま指を鳴らし、私の拘束を解いた。

「お前、何言って……」

「いいんです！　命をかける覚悟はとっくにできています！」

私は隣のエリアス様のすぐ近くに腰を落とし、じっと魔力の流れを視た。

(そう、今目の前にいる人は私の薬を必要としている患者さんなんだ)

「おい？」

制しようとするエリアス様には目を向けず、私は彼の胸に手を置き、一気に呪いを吸い出す。

「くっ……」

心臓近くを蝕《むしば》むこの呪いは厄介《やっかい》だ。

エリアス様の呪いは身体に棲《す》み着き長いのだろう。私を拒むように靄が手を弾《はじ》こうとする。

私も負けじと吸い出す。じわじわと呪いの痛みが私に移りだすと、身体を突き刺すような痛みに、途中でその場に倒れ込んでしまった。

「おい！　大丈夫か⁉」

倒れた私の肩を包むように抱き起こし覗《のぞ》き込むエリアス様に、私は声を途切れさせながらも言った。

「くす……り」

エリアス様に用意した薬がまだポットに残っているはずだ。

「ちょっと待ってろ！」

エリアス様は私をソファーに寝かせると、急いで執務室を出て行った。

（ああ……エリアス様はこんな痛みを抱えていながら毎日……）

私の意識が遠ざかりそうになったとき、エリアス様が薬のポットを持って駆け込んできた。

「ほら、薬だ！」

エリアス様に上半身を起こしてもらい、私はこくこくと必死に薬を飲み込んだ。

薬が体内を巡ると、症状が和《やわ》らぐ。

「大丈夫か？　君が俺のために命までかける必要などないだろう」

「命くらいかけないと、信じていただけませんよね？」

真面目《まじめ》な顔のエリアス様に手を貸してもらい、私はソファーにきちんと座り直した。

「……やりすぎだ。お前なら予測はついていただろう」

エリアス様が向かいのアクセル殿下に視線を送ると、彼は真摯《しんし》な顔で私に向き直った。

「すまなかったレナ嬢……。君の本気度を計ろうとしたんだが、まさか本当に命を張るとは思わなかった」

「そんな、怪しい者を疑うのは当然です！」

「命までかけた君をもう疑うなんてしないよ」

「ありがとうございます……！」

殿下の突然の謝罪に恐縮したが、信用を得られた喜びが胸から込み上げる。

「とにかく、呪いや怪我を直接吸い取るのは君の命が危険ってわけだね。でもその魔力を元に君はいまだに薬を作っているんだよね？　どうやって――」

「あの、それは怪我や病気を治して濁った聖魔力を間接的に吸い取ることで――」

そこまで説明したところで、殿下の表情が変わった。

「なるほど……あの胡散臭《うさんくさ》い聖女の功績の裏には君がいたというわけか――それはいいことを聞いたな」

何か確証を得たように笑う殿下の瞳の奥は笑っていない。そんな表情にゾクリとする。

「それでも君の身体への負担はあるんだろう？」

「でも、休めば治るので大丈夫です！　直接吸い取るのはさすがに危ないですけど、今は私の薬もありますし」

心配してくれたエリアス様に、あははと笑ってみせれば、目を細めた彼は再び私の頭に手を置いた。

その温かさに心臓が締め付けられる。

「あの……どうしてエリアス様の呪いが機密事項なのでしょうか？」

私はやっと疑問に思っていたことを口にした。

「君は知らないんだね。じゃあ、この国で呪いがどう考えられているか説明しておこうかな？」

「はい」

こちらを見たアクセル殿下に、私も姿勢を正す。

「まず、この病気は難病のまま、死を待つだけのものとされている」

「え？」

殿下の言葉に私は耳を疑った。

「そして、『呪い』なんて物騒なものをこの国に持ち込んだ者は極刑だ」

「!?」

私は息を呑む。

（そんな、だって――）

「だから皆難病のまま、最期を静かに過ごす」

長年原因不明の難病とされてきたものは、私の力と古い文献により呪いだと母が特定してくれた。

その対処法はまだ解明されていないものの、母の遺志を継いで私が薬を作り上げた。

そのことは私の力のことだけ伏せ、薬室長を通じて王太子殿下に報告を上げてもらっていたはず。

それなのに、私に製薬の依頼が来ることは無かった。

呪い自体めったにあるものではない。でも治す薬ができたというのに、一件も依頼が来ないのはおかしいと思っていた。

（なんてこと……）

「だから、副団長のエリアスが呪われた、ましてや難病に罹《かか》っているということさえも知られてはならない。だから機密事項なんだよ？」

事の重大さをようやく理解し、身震いをする。

「でも、どうして……」

国民の命を救う術《すべ》があるというのに、どうしてそんなにも「呪い」が禁忌のような扱いをされているのか。

そんな私の疑問を見透かしたアクセル殿下が苦笑して言った。

「呪いは聖女にはどうにもできないからねえ。他に治す術があるとわかれば、今まで治せなかった神殿の矜持《きょうじ》に関わるってことじゃないかな？　聖女を女神の化身として祀《まつ》り上げているからね」

「そんなことで人の命を蔑《ないがし》ろに!?」

アクセル殿下が悪いわけではないのに、私は思わず声を荒らげてしまった。

「まあ、シクス伯爵家を筆頭に神殿派の貴族たちは面白くないだろうね。国も難病だと一度認めちゃっているし、覆すのは簡単じゃない。薬室の報告を聞いた兄上が秘密裏に探っているけど、下手《へた》したら王太子の立場を追われかねないからね。私たちも慎重に動くしかないんだ」

「……この前神殿には、王太子殿下の命《めい》もあって赴いたんだ。騎士団の遠征に派遣される聖女の視察という名目で、呪いについて何か神殿が掴《つか》んでいないかを探るために」

殿下の説明に、私の隣にいるエリアス様が付け足す。

「そうだったんですか……」

貴族の抗争とか神殿とか、上の争いに国民が巻き込まれることに納得がいかない。

王太子殿下も気苦労が絶えないんだろうな……と思っていると、正面のアクセル殿下が嬉《うれ》しそうに口の端を上げて言った。

「まあ、嬉しい誤算だったよね。まさか、エリアスの呪いを治せるかもしれない子が自らやって来てくれるなんて」

「俺の問題に巻き込んですまない。だがこれを治す術があるのなら、それに縋りたい」

申し訳なさそうに、でも真剣な表情でエリアス様が訴える。

「巻き込まれてなんて……私昔、魔物討伐でエリアス様に命を救っていただいたんです。だから恩返しがしたくて……」

「そうだったのか……」

私の説明にエリアス様はわずかに目を見開いた。

(驚いてる？　……エリアス様は覚えてないよね)

「騎士が民を助けるのは当然のことだ。君が恩義を感じることはない。でも、来てくれて助かった。

ありがとう」

（私が絶対にこの人を助けるんだ）

エリアス様の凛とした姿に想《おも》いを強くした私は改まって言った。

「エリアス様、どうか私にあなたの呪いを治療させてください」

「ああ。よろしく頼む、レナ」

エリアス様は即答した。しかも名前まで呼ばれて、何だか気恥ずかしい。

「ああ、すまない。命を預けるのだからとつい気安く呼んでしまった」

「いくらでも呼んでください!!」

そんな私の様子を気遣ってくれたエリアス様の言葉に、今度は私が力いっぱい即答した。

「そうか。ではよろしく頼む、レナ」

（笑った!!）

無表情だった彼の瞳が優しく細められ、整った唇も弧を描いている。その笑顔を見られただけで、今まで耐えてきた苦しみを全て回収してしまえるくらいの幸せに包まれた。

「盛り上がっているところ悪いけどね、お二人さん。レナ嬢は騎士団で拘束するからね？」

「「は!?」」

アクセル殿下の言葉に、私とエリアス様の声が重なった。

「いや、だってエリアスを治してもらうのに万全の態勢で臨まないとね？」

声をハモらせた私とエリアス様が同時にアクセル殿下の方を向くと、殿下は呆《あき》れたように言った。

「それはそうだが……騎士団で拘束とは穏やかじゃないな」

「だって、レナ嬢が虐待を受けていたのも、お姉さんに力を利用されていいように使われていたからでしょう？　それでエリアスの薬作りに影響が出たら困るし」

「でも、姉とメイソン様が許すでしょうか」

今日は一か八かで薬を渡しに来た。思いがけず成功したし、これからも任せてもらえるのは嬉しい。でも家に帰らないとなると、二人が黙ってはいないだろう。エリアス様に迷惑をかけることだけはしたくない。それに、チェルニー領の無料薬を引き上げられてしまっては、領民が困る。

「メイソン？　シクス伯爵家の？」

「はい……うちはシクス伯爵家の援助で成り立っておりますので」

「チェルニー男爵領の政策……大聖女候補の婚約者……なるほど、そこも繋《つな》がっているのか」

「どういうことだ？」

全てを悟った様子のアクセル殿下にエリアス様が眉をひそめる。

「わからない？　レナ嬢はどうやらシクス伯爵家の息子にも利用されていたようだ」

「本当か？」

私に視線を移したエリアス様に頷いた。

「なら、なおさらレナ嬢はここにいて。私たちが守るから」

「でも……」

ためらう私にエリアス様が続く。

「もう我慢しなくていい。辛《つら》かっただろう？」

「そうそう。あんな悪評をレナ嬢が受け入れることはないよ」

「レナがこの先も薬師として誇りを持って働けるように、あの家には絶対に渡さない。だから安心してくれ」

お二人がそこまで考えてくれるなんて思わなかった。エリアス様を治したら、また姉とメイソン様の奴隷に戻るのだと覚悟をしていた。

「ありがとう……ございます」

気づいたらポロポロと涙を溢《こぼ》していた。エリアス様が困った表情で私を見る。

「人に一生懸命なのは良いことだが、自分のことも労《いたわ》れよ？」

「はい……！」

涙を拭いエリアス様に笑顔を向ければ、彼は安堵《あんど》したようだった。

「どの口が言うんだか……」

アクセル殿下が呆れたように呟《つぶや》いていたけど、私は聞き逃していた。

「まあ、私はこれでも国の重鎮だからね。君んとこの政策も手を回しておくから安心して。エリアスを治す報酬ってことでいいからね」

こんなフラットに権力をかざす人がいるだろうか。私はおかしくて、つい笑ってしまった。頼もしすぎる。

「まあとにかくレナ嬢、君は今日から騎士団の預かりだ。名目上はエリアス付きのメイドとでもしておこうかな？」

「はい！　あ、でも……」

殿下の言葉に元気よく返事をしたものの、心配事もある。

言いづらそうな私の顔を、エリアス様がどうしたのかと覗き込む。

「また愛人だと噂になったりしないでしょうか？」

「……は？」

愛人という言葉にエリアス様が眉根を寄せる。

でも大事なことだ。姉とメイソン様のせいで世間での私の評判は悪い。エリアス様は女性をも寄せ付けない冷徹無慈悲で有名だけど、私のせいで彼の評判を落とすことはしたくない。

「ああ、何を言い出すかと思えば……気にしないよね、エリアス？」

「ああ」

アクセル殿下は今にも吹き出しそうな顔で言うと、またしてもエリアス様は即答した。

「噂なんてくだらない。俺は見たものしか信じない」

でも、と言おうとしたところでエリアス様に遮られる。

「レナも堂々としていろ。君が悪いことは何もない」

エリアス様は凛々《りり》しいその金色の瞳をまっすぐに私に向けて言った。

「それでも君を傷付けて来る奴がいるなら、俺が守ってやる」

「ありがとうございます……」

「はい、じゃあこれ、潜入衣装ね！」

話が終わり、アクセル殿下はどこから取り出したか、メイド用のお仕着せを私に手渡した。

「……準備がいいな？」

「何事も先回りが大事ってね」

アクセル殿下はエリアス様にピースサインをした。

（もしかして、本当は最初から私のことを知っていた……？　薬のことも？）

そろりと殿下を見れば、唇に指を当ててウインクされてしまった。

こうして私はエリアス様付きのメイドになることとなった。

◇◇◇

「本当にここを使っていいいんですか？」

俺と同じフロアにある空き部屋にレナを案内すると、彼女は驚いてこちらを振り返った。

「ここで薬を調合しても？」

「ああ、もちろんだ。好きに使って欲しい」

そう伝えると、彼女は嬉しそうに顔を綻ばせた。その目は先ほど泣いていたせいで赤い。姉に殴られたという頬もまだ痛々しいほどだ。

俺は気付けば彼女の頬に手を添えていた。

「エリアス様!?」

「動くな。冷やしたほうがいい」

自身の氷魔法で彼女の頬を冷やす。

「呪いに侵された俺の魔法では嫌かもしれないが、これがうつることはないらしい。安心してくれ」

氷魔法を続けながらそう言えば、彼女は傷付いたような表情を見せた。

「ああ、レナのほうが呪いに詳しいか」

「そんなこと思いません！」

俺の言葉に彼女は声を荒げた。

「エリアス様はもう私の患者さんです！　たとえそれがうつるものだとしても、私は厭《いと》いません」

強い意志を宿した瞳から目が逸《そ》らせない。

「すまない。君を軽んじる気はなかった」

「呪いは私の薬で絶対に治ります。エリアス様こそ安心してくださいね」

謝る俺にすぐに顔を綻ばせたレナは、励ますように言った。年下の彼女に気を遣わせたことを心苦しく思う。

レナはどうやら俺に恩義を感じているらしい。小さなその身体で、命までかけようとした。

放っておくと患者のために本当に死んでしまうかもしれない。

だからこそレナが死なないよう、安心して薬を作り続けられるよう、俺は騎士として彼女を守ろうと思う。

「エリアス様、頬、ありがとうございました」

「あ、ああ」

レナの呼びかけで手を離した。

腫れが引いた頬を押さえ、静かな笑みを浮かべている。

姉からあんな目に遭わされながらも、己の信念のため薬を作り続けた彼女は強いと思う。

「今日はゆっくり休め」

彼女の頭を労《ねぎら》うように撫でると、俺は部屋の扉を閉めた。


「レナ嬢は一生懸命で可愛《かわい》いよねえ？　エリアス」

廊下を曲がると、俺の執務室の扉に寄りかかり、アクセルが待ち構えていた。

「お前、この準備の良さといい、昨日から計画していただろう？」

「エリアスはレナ嬢のこと覚えていなかったじゃん」

扉を開け、一緒に執務室へ入る。

「答えになっていないぞ」

「エリアスは二年前から変わったよね。相変わらず人と深くは関わろうとしないけど」

俺の質問をことごとく無視して、アクセルが笑う。

「余計なことを頭に入れれば、多くを守れない」

「わー、それ、久しぶりに聞いた！　昔は『殿下を』だったのに、抱えるものを増やしてしまったのは、誰の影響なんだろうねえ？」

わかっているくせにわざとそんな質問をするアクセルに俺は黙った。

俺は昔、アクセルさえ守れればいいと考えていた。弱い者は魔物にやられ死んでいくため、こいつを守るためには厳しく鍛錬しなければならなかった。今思えば余裕が無かったのだと思う。

「でも、レナ嬢のことは構うんだ？」

目の前でニヤニヤと笑うアクセルに眉をひそめた。

「レナには世話になる。守ってやるのは当然だろう」

「本当にそれだけ？」

含みのある言い方に俺の顔が険しくなる。

「なんだ。私はてっきり……」

「何が言いたい？」

アクセルは俺を見ると、残念そうに言った。

「君に一つだけ忠告しておくよ？　好きでもない女の子の頭は撫でるもんじゃない。しかも何度も」

訳がわからないという顔をすれば、アクセルは目を丸くした。

「ふむ、それも無自覚か。とにかく、今日レナ嬢がここへ来たのは彼女の意思だよ。私は何もしていない」

前回の魔物討伐で俺は病に罹った。それが昔師匠の受けた呪いだと、アクセルと俺にはすぐにわかった。そして王太子殿下よりその治療薬の存在を知らされた。

その薬を作った者はアクセルが以前より怪しんでいた大聖女候補と関係があるらしく、偵察に行ったわけだが、あの大聖女候補を頼るわけにはいかない。騎士団副団長である俺が呪いを受けたなどとわかれば、師匠から継いだ騎士団を危険に晒《さら》し、目の前の主君に迷惑がかかる。

「……良かったね、エリアス。しっかりレナ嬢を守るんだよ？」

「は？」

「団長命令～」

アクセルは言いたいことを言うと、部屋から出て行ってしまった。

結局、何が言いたかったのかわからない。

一つわかったのは、レナは本当にアクセルの意図ではなく、俺の呪いを治すために自ら覚悟を持って来てくれたということだ。

アクセルのせいで、やたらと二年前が思い出される。

騎士団のために倒れていたあの聖女は元気だろうか？

俺が後方部隊と関わることは無い。顔も忘れてしまったが、限界だろうに俺を治癒して笑った小さな少女の姿がレナと重なった。

（いや、まさか――）

あの少女は聖女だった。レナがあの場にいるはずがない。

何にせよ、レナを守らなければ。そう決意を固める。

◇◇◇

「おはようございます、お茶をお持ちしました」

「ああ、ありがとう」

翌日お仕着せに着替えた私は、エリアス様の執務室を訪ねた。

昨日案内された部屋は布で仕切って薬室を作れるくらいに広かった。元々副団長に付く従者の部屋らしく、今は使われていないからちょうど良かったとアクセル殿下は言っていた。

「どうした？」

薬を飲み終えたエリアス様が私の視線に気づいて目が合う。

「お、お、お身体!!　問題なさそうですね！」

ついじっと見つめてしまっていたことに気づいた私は、エリアス様の魔力の流れを慌てて視た。

(うん！　呪いはまだ消えていないけど、落ち着いているみたい)

「レナの薬のおかげで、昨夜は久しぶりに眠れた気がする」

「……いつもは眠れないんですか？」

「痛みで目が覚める」

私が来るまでにエリアス様はどれだけ眠れない日々を過ごしたのだろうか。そんな痛みすら受け入れ、静かに話す彼に胸が苦しくなった。

「私の薬で絶対に治しますから！」

そんなエリアス様を安心させたくて、思わず執務机に思いきり手を突いて叫んだ。

「頼もしいな」

（笑ってくれた）

エリアス様の表情は変わらないけど、眉と唇が少しだけ弧を描いていたのを私は見逃さなかった。

「君たち、朝から微笑ましいねぇ」

「アクセル殿下！」

執務机越しにエリアス様と視線を合わせていると、またもやノックと同時にアクセル殿下が部屋へ入って来た。

エリアス様は溜息《ためいき》をつくだけで何も言わない。これは日常茶飯事なんだなと思いつつ、アクセル殿下に頭を下げる。

「ああ、そういう堅苦しいのはいいよ。それでレナ嬢のことなんだけどね、お父君に君を預かると申し出たところ、シクス伯爵家を通して欲しいと言われてしまったよ」

「申し訳ございません！　シクス伯爵家の援助で成り立っているとはいえ、王族の方の申し出を……」

「大丈夫だよ。想定内だったけど、君のことをシクス伯爵家に通す道理は無いからね。婚約者であるお姉さんのことならまだしも、君は無関係だ」

きっぱりと言い切る殿下の言葉が私には嬉しい。

「君を囲い込んだつもりだろうが、私には通用しないよ？」

ふふふと悪役よろしく、殿下の笑顔が頼もしすぎる。

「とにかく、お父君の許可だけは取ってきたから。領民の薬の件も心配しなくていい。お姉さんとシクス伯爵令息は君のことを聞きつけるだろうが、大丈夫だよ。ここは簡単には入れないからね」

「ありがとうございます」

謝罪と感謝の気持ちを込めて頭を下げた。

「レナ嬢も騎士団の敷地内から出ないように。出るときは必ずエリアスをお供にするんだよ？」

「え……」

エリアス様はお忙しいのに？　そう思って彼の方を見れば頷いてくれた。

「必要があれば言ってくれ。俺は団長様から仕事をセーブさせられているからな」

「当たり前だよ。ほっとくと無理するでしょ。ただでさえ呪いにやられちゃってんのに」

「俺は仕事をしているだけだ」

「あー、はいはい」

言い合いを終わらせたアクセル殿下は「ま、あとはよろしくねー」と言って去って行った。

「言いたいことだけ言って帰られましたね」

「あいつはいつもそうだ」

執務室の扉を見ながら私が言うと、エリアス様は大きく息を吐き出した。何だかんだと言いたいことを言い合えるお二人の関係性が羨ましい。

「あのエリアス様、薬は出し終わったので、何か他にお手伝いはありませんか？」

「レナ、君はメイドじゃないんだから、そんなことはしなくていい」

「え!?　メイドですよね??」

薬を出すだけの仕事だとは思っていなかったので、ぎょっとしてエリアス様を見る。

「形だけだ。薬を出して、俺の呪いの状態を確認してくれたらあとは好きにしていい」

「えええ……」

騎士団にお世話になるのにそれはちょっと……と思った私はエリアス様に食い下がり、何とか仕事をもぎ取ることに成功した。

「じゃあ、備品倉庫にある備品の確認をお願いできるか？」

「任せてください！」

エリアス様はやれやれといった顔で口元を緩めた。騎士団の敷地内ならば自由に出歩いて問題ないので、私は一人執務室を出た。


備品倉庫は一階から中庭を通り過ぎた敷地内の端っこにある。私は執務室のフロアから下に降り、教えられた道順を進んで行く。

何度か騎士たちとすれ違ったけど、アクセル殿下の用意してくれた騎士団の紋様入りお仕着せのおかげで、堂々と歩いていられた。

見慣れないメイドをみんな振り返るだけで、話しかけられることはなかった。

騎士たちの訓練場は何ケ所かあって、備品倉庫の近くにも小さな訓練場がある。その訓練場を横切ると、何人かの騎士が座り込んで話していた。

休憩中かな？　と横目で見ながら備品倉庫に着くと、鍵がかかっていた。仕方なく少し戻り、訓練場にいた騎士たちに話しかける。

「あの、倉庫の備品を確認しに来たのですが……」

「ああ？」

怪訝《けげん》そうに私を見上げた騎士たちが一斉に私を見て固まった。

（な、なに？）

「おい！　ユーゴ！　備品倉庫の管理はお前の仕事だろ！　急いで鍵持って来い！」

固まっていた騎士の一人が訓練場の奥に向かって叫ぶと、鍵を持った小柄な騎士が走って出て来た。

「はい、ただいま!!」

「あれ」

「あ、あなたは……」

その小柄な騎士は、昨日エリアス様の執務室に案内をしてくれた男の子だった。

「まさか副団長の新しいメイドの方だったなんて」

倉庫を開けてくれたユーゴが手伝いを申し出てくれたので、私たちは雑談しながら備品の確認を進めていた。ここには訓練用の剣や盾がずらりと置かれている。

ユーゴが教えてくれたのだが、リナンファ王立騎士団の騎士服には剣をモチーフにした騎士団の紋様が金糸で刺繍《ししゅう》されている。ただ、団長のアクセル殿下は銀色で、副団長のエリアス様は黒色と、お二人だけは髪の色に合わせて刺繍されているそう。当然、私のお仕着せの紋様は黒色である。これは、私がエリアス様のメイドだという身分証にもなる。

(だからみんな遠巻きで私を見ていたのね。それにあの騎士たちの慌てっぷり)

ユーゴを呼びつけた騎士たちは私を見てかなり驚いた。正確には、この紋様に驚いていたのだ。

「うーん、私が偉いわけではないので、かしこまらなくていいですよ？　私のことはレナって呼んでください」

「じゃあ……レナさんも敬語はやめてください。俺、見習いですし」

茶色の瞳にまだあどけなさを残すユーゴは迷ったのち、さん付けで私を呼んだ。

弟みたいに可愛い見た目だけど、私よりも一つ年上らしい。

「私よりも年上なのに、レナさんって変じゃないかな？」

「とんでもないです!!　あの副団長に付かれるなんて、レナさんは凄《すご》い方です!!」

「ただのメイドなのに？」

「貴族なのに一人で全てやってしまう方だから、レナさんはよっぽど信頼されているんでしょうね。いいなあ」

私から剣を受け取り、所定の位置に戻したユーゴが天を仰いで言った。

「ねえ、やっぱりエリアス様って騎士団で尊敬されているの？」

「当たり前です！　副団長は強くて冷静で、俺の憧れです」

ユーゴは目をキラキラさせて語った。

「うんうん！　それに優しくて……エリアス様ってばかっこよすぎだよね⁇」

「はい！　男の俺から見てもそう思います。俺、副団長みたいな騎士になるのが夢で……」

「え！　素敵な夢！」

やっぱりエリアス様はみんなの憧れだよねと嬉しくなる。

「冷徹無慈悲だと恐れられていますが、副団長は騎士団のために厳しくしているだけだと思うから」

「ユーゴ‼」

興奮した私は彼の手を取り、握手した。

（エリアス様をちゃんと理解している人がいるなんて嬉しい！）

エリアス様の話題で盛り上がった私たちは、一気に距離が縮まった気がする。

「おい、剣を使いたいんだけど」

「俺たち、この前の討伐で自分の剣を修理に出してんだよ」

二人でほんわかしたところに、先ほどの騎士たちが倉庫までやって来たので、私とユーゴは慌てた。

（とりあえず急がないと！）

確認を終わらせた剣をユーゴが慌てて運ぶ。

「お待たせしました！」

「ちっ、相変わらずどんくせえな」

「見習いは気楽でいいよな」

剣をユーゴの手から奪うように取ると、騎士たちは訓練場に向かった。

「ねえ、何でユーゴはあんな不遜な態度を取られて言い返さないの⁉　同じ騎士なんでしょ？」

理不尽な悪評に晒されてきた私と彼を重ねて、つい憤ってしまった。

「えっ……だって俺、まだ見習いだし……」

私の勢いに押されながらも、備品の確認を終わらせたユーゴはぽつりと話し始めてくれた。

私たちは倉庫の入口の段差に横に並んで腰掛けた。

「俺、平民出身なんです。だから騎士団に入れただけでもラッキーで……」

「騎士団は実力主義なんでしょ？　身分なんて関係ないんじゃないの？」

「そうですけど……俺、弱くて臆病だから。身体も小さくて、選抜戦でもいつも一回戦負けで……それでもこうして見習いとして置いてもらっているから、感謝しかないです」

ユーゴは笑って言った。笑っているけど、震えていた。誰よりも彼が一番悔しいんだと思う。

「……ここの備品、全てピカピカで状態も良かった。ユーゴだけで管理しているんでしょう？」

「俺にはそれしかできませんから……」

ユーゴはしょんぼりと言った。そんな彼に何かしてあげられないかと、私はこっそりユーゴの魔力の流れを視てみた。

（え……‼）

私はユーゴの身体を流れる魔力が膨大で驚いた。

（この魔力量、絶対に凄い騎士になるじゃない！　こんなところで燻《くすぶ》っているなんて、もったいない！）

私は立ち上がってユーゴに向き直った。

「ユーゴ！　あなたには英雄アシル様ほどの力がある！　絶対に凄い騎士になれるから、諦めないで！」

「えええ……どうしたんですか、レナさん」

私の突然の宣言にユーゴは苦笑する。

「でも、慰めでも嬉しいです、ありがとうございます」

「慰めじゃないわ!!」

話をまとめようとするユーゴに私は思いっきり抗議する。

「へえ、あの英雄と同等とは、大口叩《たた》いたもんだな」

突然ユーゴじゃない男の人の声がして、その方向に顔をやった。

「あの、どなたですか？」

そこには青い髪に緑色の瞳をした騎士が立っていた。エリアス様ほどではないけど長身で、精悍《せいかん》な顔つきはまさに騎士らしい。

「俺のこと知らないのか？」

騎士団に来たばかりの私はまだ騎士を全員把握していない。不快そうな彼に謝罪した。

「申し訳ございません。私はまだ配属されて間もないので……」

「副団長付きのメイドなら、マテオ・ベネットの名前は一番に覚えるべきじゃないか？」

威圧的な態度で名前を教えながら、彼は私のお仕着せの紋章をジロジロと見ていた。

「マテオさんは騎士団のエースで、一番の実力者なんです」

ユーゴがコソコソと耳元で教えてくれた。

（この人遅刻してきたよね？　他の騎士はとっくに集まって訓練しているのに。そんな人がエース？）

副団長であるエリアス様だって朝早くから書類に目を通し、そのあとは騎士団の訓練なのだ。

私はのらりくらりとやって来たマテオとかいう騎士に腹が立ちながらも頭を下げて挨拶をした。

「さっきのユーゴが英雄アシル様と同じ強さを持つって話？　副団長付きのメイドなら、無能に期待を持たせるようなことを言わないことだ」

「期待を持たせるなんて……！　私はただ本当のことを言っただけです！」

無能という言葉に思わずカッとなる。私が我慢してきた心無い言葉をユーゴも受けていたのだ。

（仕事に真摯なユーゴが何で遅刻してきた人に悪く言われるの？）

「本当のことだって？　英雄と同等なら、俺よりも強いってことだぞ。そんな一生見習いで終わるような奴が？」

「何でそう言い切れるんですか⁉　遅刻してくる不真面目な人よりは立派な騎士になると思いますけど！」

「レナさん……！」

我慢しきれず声を荒げた私を隣のユーゴが慌てて止めた。

（エースだからって、頑張っている人をバカにしていいわけがない！）

「へえ？　副団長付きのメイドは俺よりもユーゴなんかに一目置いているわけだ。じゃあ、次の選抜戦でユーゴは俺に勝てると思うか？」

「私は勝てると思います！」

挑発するかのように私を見るマテオを睨んで断言した。

「無理だろ。ユーゴは見習いで、俺はエースだ。天と地ほどの差がある」

「無理じゃないわ！　ユーゴにはその実力があるもの」

「実力がある？　その臆病者に？　騎士団に来たばかりのメイドが知った口をきくな」

私は自分の目を信じている。ユーゴには確かに膨大な魔力が流れている。目の前にいるマテオの身体に流れるよりも大きな魔力が。そのことに気づけば、きっとユーゴの武器になる。

「あなただってユーゴのこと何も知らないじゃない。ユーゴは誰よりも強いわ」

なんでユーゴがここまでバカにされないといけないのか、なぜ誰も認めないのかと、言葉に感情が乗る。

マテオは私の言葉に反応し、ぴくりと眉を動かした。

「そこまで言うなら賭けようぜ？　ユーゴが俺に負けたらお前は副団長のメイドをやめて俺のメイドになる。俺に当たるまでには他の奴も倒さなきゃならない。それでもまだユーゴが強いって言えるのか？」

「言えるわ！　だからユーゴが勝ったら、彼を認めてよね!!」

「副団長のメイドをこき使えるなんて楽しみだ」

「あああ、レナさぁーん!!」

気づけばユーゴそっちのけでマテオと賭けをしてしまっていた。


「君には備品の確認を頼んだだけなのに、どうしてそうなるんだ？」

「す、すみません……」

「はははっ！　レナ嬢、意外と喧嘩《けんか》っ早《ぱや》かったんだね」

あの後、騎士団員総勢による訓練が一番大きな訓練場で始まった。エースも見習いも関係なく、全員参加の大きな訓練だそう。

その訓練を団長のアクセル殿下と副団長のエリアス様が離れたところで見守っている。

備品倉庫の報告と一緒にマテオと賭けをしてしまったことを話すと、エリアス様に怒られてしまった。アクセル殿下はさっきから大爆笑だ。殿下は笑い上戸《じょうご》なのだと、この数日で知った。

「とはいえ、レナ嬢の力を疑うわけじゃないけどユーゴには無理じゃないかな？」

アクセル殿下がちらりと訓練場の隅に向けた目線を追うと、ユーゴが一心不乱に剣を振っていた。

「なぜですか？　ユーゴが見習いだからですか？」

私が見たユーゴの魔力の流れは確かに大きかった。納得いかない私は食い気味に二人に言った。

「どんなに魔力があろうが、剣の扱いが上手《うま》いのとは別のことだ。ユーゴは見習いとはいえ誰よりも真面目に訓練に励んでいて備品の管理もしっかりやっているのは知っている。だが、それだけでは強くなれない」

「ユーゴが弱いということですか？」

「ああ。弱い者は魔物との戦闘中に他の騎士の足を引っ張る。最悪、命を落とすことにも繋がりかねない。どんなに魔力量で上回ろうと、ユーゴではマテオに敵《かな》うことはないだろう」

そう語るエリアス様はいつもの優しい表情ではなく、冷徹無慈悲に相応《ふさわ》しい副団長の顔をしていた。

弱い者には騎士の資格すら無いと言っているように聞こえた。

「まあ、あの不真面目なマテオも魔物討伐では大活躍だからねー。前回の優勝者だからさ、誰もあいつには文句を言えないんだよねー」

重くなりかけた空気を破るように、アクセル殿下の明るい声が響く。

「つまりユーゴに勝機は少しも無いってことですか？」

前回の優勝者ということは、実質騎士の中で一番強いということだ。殿下の説明を理解しつつも、私はエリアス様にぶつけた。

「ああそうだ」

「……ユーゴはあんな理不尽な目に遭いながらも、エリアス様みたいな騎士になるのが夢だって……」

「レナ？」

ずっと虐《しいた》げられてきた私に優しくしてくれたエリアス様なら、ユーゴのことも認めてくれると思った。

「エリアス様ならわかってくれると思ったのに！」

気づけばその場から離れて走り出していた。

「レナ！」


思わずといった様子で伸ばしかけた手を止めたエリアスに、アクセルが面白そうに声をかける。

「あーあ、怒らせた」

「事実を言ったまでなんだが……」

「あの子、考える前に動いちゃうところ変わってないんだね〜」

「は？　それはどういう……」


二人がそんな会話をしていたことなんて知らない私は、訓練場を飛び出していた。

（どうしよう……。エリアス様ならわかってくれるって勝手に期待して、怒りをぶつけちゃった）

ユーゴが受ける処遇を、姉とメイソン様にいいように扱われていた私と重ねてしまったのだ。エリアス様はただ副団長として当然の判断をしていただけなのに。

「あーあ、私、何をやってるんだろう」

肩を落として訓練場を出ると、手を押さえながら出てくる騎士と鉢合わせた。

「手、どうかされたのですか？」

思わず声をかければ、その騎士は笑って答えた。

「少し、擦りむいただけですので。医務室で薬を塗ってきます」

軽くお辞儀をして背を向けた騎士のシャツをガシッと掴んだ。

「それ、嘘ですよね。あなた、ずいぶん前から手を痛めていますよね？」

「なっ……!?　何を言っているんですか？　これは軽い擦り傷です」

「いいから、見せてください！」

魔力の流れが視える私には全てお見通しだ。

この騎士はずいぶんと無理をして剣を振っていたのだろう。

「そんな、副団長のメイドの方にお手を煩《わずら》わせるなど……」

「そんなの関係ないですから、黙ってついて来てください!!」

慌てる騎士にピシャリと言うと、彼の騎士服のシャツを引っ張ったまま早足で医務室へ向かった。

医務室には薬が置かれているだけで、騎士たちが各々自分で治療するのが当たり前らしい。

大怪我をすれば医者へ行き、魔物討伐の有事の際には聖女が同行するが、どちらも常駐はしていない。

私はぐるりと薬を見渡した。騎士団の薬は薬室が卸しているので、私も熟知している。

「とりあえずこの塗り薬で処置しますけど、あとで飲み薬も作って持って行きますね」

彼の魔力の流れを視ながら、私はテキパキと的確にその患部に薬を塗っていく。

騎士は呆気《あっけ》に取られながらも、事情を話してくれた。

「俺、前回の選抜戦でようやく魔物討伐の隊に選ばれたんです。この怪我が知られれば、きっと副団長は俺を戦力外と見なします。そうすれば騎士団にいられなくなる……」

恐れるように言うその騎士の姿に、先ほど見たエリアス様の顔がちらつく。

「剣を振るだけが騎士の仕事じゃないわ。この怪我を治すのだってあなたの仕事ですよ。ほら、無理をしたからこうして悪化したんですよ」

私は薬を塗った騎士の手に包帯を巻き付けていく。

「でも俺の歳じゃ、次の選抜戦で戦力外通告されたらおしまいだ……」

「その選抜戦っていつなんですか？」

「一週間後です」

騎士が悲壮な声で嘆くので、私はよし、と心に決める。

「じゃあ、三日私にください！　私が薬であなたの手を治すから。あなたはその間、無理をしないと約束して！」

第三章　それぞれの想《おも》い

あのあと、私は手を怪我《けが》した騎士ミラーのために薬を調合して届けた。それからまた自室に戻ってエリアス様の薬を作製している。

エリアス様には朝と夜、決まった時間に薬をお出しすることになっている。

（どんな顔をしてエリアス様にお会いすればいいの!?）

昼間エリアス様に怒鳴ってしまってからお会いしていない。夜の食堂でも姿は無かった。

悩んでいる間に時間だ。

私は薬を持って水場に向かう。お湯を沸かし、薬と一緒にポットに入れ、蒸らす。それらをトレーに載せ重い足取りで運ぶと、部屋の前で立ち止まり息を整える。

（うう、緊張する）

トレーを片手で持った私は、もう片方の手でコンコンと執務室の扉をノックした。

応答がない。

「エリアス様……？　お茶をお持ちしました」

返事がない。エリアス様は怒っているのだろうか。

「あ、レナ嬢、いいところに」

扉の前で困っていると、背後からアクセル殿下の声がした。

「エリアスにお茶出すんでしょ？　ついでに預かっていたこの書類、返しておいてくれない？」

「アクセル殿下……」

「ん？　どうしたの？」

扉の前から動かない私に、殿下が不思議そうに近付いて来た。

「エリアス様の応答がなくて……」

「ああ！」

俯《うつむ》く私に殿下は明るく言った。

「あいつ、隠れて鍛錬してるんだよねー。夜も食事をとらずにしていたみたいだし、今頃ぶっ倒れてるんじゃないかな」

「え!?」

アクセル殿下の話に驚いた。

（薬で呪いを抑えているとはいえ、治すためには体力温存も大事なのに……）

「というわけで、入っていいよ、レナ嬢」

「え？」

隣にいた殿下がいつの間にか執務室の扉を開けていた。

「だ、ダメです殿下！　そんな勝手に――」

「はい、レナ嬢。お仕事、しっかりね？」

殿下は私からトレーを奪って部屋の中央にあるローテーブルまで運ぶと、呆気《あっけ》にとられていた私の所まで戻って来た。背中を押して室内に入れると、その手に持っていた書類を押し付けた。

「じゃあね、レナ嬢。それ、ちゃんと渡してね」

殿下の手により執務室の扉が閉められる。

部屋は小さな明かりが灯《とも》されているだけだったが、カーテンの開いた窓からは月明かりが部屋を照らしていて、扉を閉められても視界ははっきりとしていた。

そっと部屋の中心に目を向けると、エリアス様がローテーブルの側《そば》にあるソファーの上で寝ていた。

（わ、エリアス様の寝顔……）

ドキドキする胸を押さえつけ、私はとりあえず彼を起こさないよう奥にある執務机へ足を向けた。

殿下から預かった書類を机の上へ置こうとするが、書類を束ねていた紐《ひも》が緩んでいたのかバラバラになって落ちる。

（いけない！）

急いで元通りにしようと手にした書類の内容がふいに目に入り、私は驚愕《きょうがく》した。

（え――）

そこにはびっしりと騎士団員一人一人の特徴が書き込まれている。吸い込まれるように書類をめくると何に優れていて、どこが弱点で強化するにはどうしたらいいのか。騎士たちの配置に至るまで細かく書かれていた。

（エリアス様……お忙しいのにこんなことまで……）

表紙にはエリアス様からアクセル殿下へ宛てたサインがしてあり、これがエリアス様によって作成されたものだとわかる。

エリアス様はユーゴのことをわかっていないんじゃない。わかった上で私にああ言ったのだ。

（エースとか見習いとか関係ない。本当はこんなにもみんなを見ていた……わかっていなかったのは私なんだ）

ユーゴの名前を見つけ、そのページをそっと撫《な》でる。

「誰かいるのか？」

エリアス様の突然の声に身体がびくりと跳ね、咄嗟《とっさ》に書類を置いた。

「ああ、レナか」

ソファーから身体《からだ》を起こし私を見つけたエリアス様に慌てて説明をする。

「す、すみません!!　お茶をお持ちしたら部屋の前でアクセル殿下にお会いして、書類を返しておいて欲しいから入っていいと……」

「ああ、あいつが無理やり入れたのか」

「はい……」

会話が続かず、すぐに沈黙してしまう。

「……お茶をお淹《い》れしますね」

「もうそんな時間だったか。ありがとう」

エリアス様がローテーブルを正面にして座り直す。私はティーセットが置かれたそのテーブルまで行くと、膝を付いてポットからカップに薬を注いだ。

　薬を飲む彼の魔力を視《み》ると、心臓近くで動いていた靄《もや》が大人《おとな》しくなる。

「あの、エリアス様……激しい鍛錬は体力を消耗します。薬で抑えているとはいえ、治るのも遅くなりますよ」

「アクセルか」

　エリアス様は溜息《ためいき》をついて目を伏せると、私に視線を戻した。

「次の討伐は大掛かりなものになるかもしれないんだ。呪いに罹《かか》っているとはいえ、俺は副団長として騎士団を率いる立場にあるから鍛錬を怠ることはできない」

「それでも休息は大切で……」

「レナ」

　この話は終わりだとばかりにエリアス様が名前を呼んだ。

（絶対に辛《つら》いはずなのに、自分のことよりも騎士団のことばかり……）

　お仕着せの胸元をぎゅっと掴《つか》むと、エリアス様に頭を下げた。

「何もわかっていないくせに生意気なことを言ってすみませんでした……」

　本当はちゃんと休んで欲しい。でも誰よりも騎士団を大切にしているエリアス様に、私はそれ以上何も言えなくなってしまった。

　そんなエリアス様に、昼間怒鳴ってしまった自分の浅はかさを猛省していると、大きな手が私の頭を包んだ。

「こちらこそ心配してくれただけなのに、すまなかった」

こんな私を叱るでもなく、エリアス様は頭を撫でてくれる。

（エリアス様がちゃんと力を発揮できるよう、自分なりに精一杯支えよう）

呪いを治すのはもちろんだけど、他にもできることはあるはずだ。

彼の温かさを感じながら、私は決意を新たにした。


翌朝、私は医務室へと向かった。自室で作った薬を運び入れ、使いやすいように間取りを改造している。

（私がエリアス様にできることは何だろう？）

でもさっきからそのことばかり頭に浮かんで進まない。

結局は薬を作ることしか思い浮かばず大きな溜息をついていると、入口からミラーが入って来た。

「おはようございます」

「あ、ミラー、ちゃんと来てくれたの？」

ミラーは茶色でくせっ毛のある髪と、少し垂れた黒目が優しそうな青年だ。彼は平民出身らしいが、前回の選抜戦で抜擢《ばってき》された実力者だ。

「レナさんにあんなに豪語されたら、従うしかないですよ。それに、藁《わら》をも掴む思いなので」

ミラーには敬語をやめて欲しいと伝えたところ、断られてしまった。平民出身だからという理由らしい。

「昨日の薬はどうだった？」

「苦いですけど……痛みが楽になりましたよ」

「そう、良かった！」

「でも、レナさんは副団長に仕えるのが仕事なのに、俺なんかに構っていていいんですか？」

大人しく薬を塗られながらミラーが尋ねる。

エリアス様には今朝も薬を届けたけど、ミラーのことを言いそびれていた。

「副団長付きだからこそ、騎士団員の面倒も見るのが仕事だと思うから。それに私、本業は薬師《くすし》だから、ミラーのことは見過ごせないよ」

「副団長の命令ではないんですね。驚きました。そうですよね……」

ミラーが信じられないといった顔をしたので、首を傾《かし》げる。

「あ、いや……レナさんに言うことじゃないと思うんですけど、副団長って、実力のある奴しか騎士と認めていないというか、使えない奴は切り捨てるというか、厳しいというか……そもそも俺みたいな平民出の下っ端のことなんて認識されているかも……」

ミラーの話を聞き、昨日の書類のことが頭をよぎった。

エリアス様はユーゴのような見習いも含め、一人一人の特徴をびっしりと書き込んでいた。

「……エリアス様はみんなのことをすごく考えているよ。大事な仲間をむざむざ死に追いやりたくないから厳しくしているだけなんだよ」

「副団長が？」

「うん。選抜戦だってそのためにあるんでしょう？」

　昨日あえて厳しい言い方をしていたから私も誤解しそうになったけど、誰よりもこの騎士団に愛情を持っている。

(それなのに私はマテオとバカな賭けをして、エリアス様の邪魔しかしてないじゃない)

「レナさんは副団長のこと、よくわかっているんですね」

「え!?」

「そういえばさっき、珍しいものを見たんですよ」

　落ち込む私に、思い出したようにミラーが言った。

「副団長が何で見習いなんかと……って思っていたけど、レナさんの話を聞いて理解しました」

「何のこと？」

「マテオとの賭けのこと、朝の訓練で話題になっていました」

「！　それは私が勝手に……」

　私はまたエリアス様に迷惑をかけてしまったのだろうか。

「副団長、備品倉庫近くの訓練場でユーゴと鍛錬をしていましたよ」

「えっ」

　驚いて目を見開けば、ミラーは顔をくしゃっとさせた。

「俺の治療が終わったら、すぐに副団長の所に行ってください。俺、レナさんの言いつけをきちんと守って大人しくしていますから」

「え!?　え!?」

まだ理解できない私にミラーが嬉《うれ》しそうに言った。

「副団長はその賭けでユーゴもレナさんも切り捨てないってことですよね」


「やあ！」

「踏み込みが甘い！　もっと思い切り振り抜け！」

「はい！」

ミラーに教えてもらった訓練場まで来ると、本当にユーゴがエリアス様の指導を受けていた。

目に映るエリアス様は無駄のない動きで洗練されていて、剣を振るう姿が美しい。

剣のことがわからない私にも彼の凄《すご》さが伝わり、思わずエリアス様に目を奪われてしまう。

「魔力と剣をもっと同調させろ！」

ユーゴに飛んだエリアス様の声でハッとする。

昨日エリアス様は次の魔物討伐を見据えていた。だから私とマテオの賭けなんかに時間を割《さ》いている場合じゃないはず。

（エリアス様？　どうして？）

視点を変えると、一心不乱に剣を振り下ろすユーゴがエリアス様の指摘を活《い》かせず、動きをぎこちなくさせているのが目に入った。

（うーん？　迷いがあるのかな？　エリアス様への遠慮ってわけにも見えないけど……）

私はユーゴの魔力の流れを視てみる。

彼の身体には真っ赤に染まる火の魔力が流れるが、握る剣には微力にしか伝わっていない。エリアス様の青い魔力が神々しいくらい剣に流れているのと比べれば、それは明らかだった。

(魔力を調整できれば上手《うま》くいくはずなのに)

魔力の流れは視えても、魔法や剣技のことをどう指摘していいのかわからない。

打ち合う二人をしばらく眺めていると、ユーゴが地面に吹っ飛ばされた。

「ユーゴ、その迷いがある限り、お前は誰にも勝てないぞ」

「はい……！」

エリアス様に力いっぱい返事をしたユーゴだけど、その表情は暗かった。

「レナ？」

「エリアス様……お疲れ様です！」

エリアス様が私に気づいたので、タオルを持ったまま駆け寄り、二人に手渡す。

「ありがとうございます」

「ありがとう」

へたばっているユーゴとは違い、エリアス様は顔色一つ変えず私の頭にポンと手を置いた。

「俺はこのあと業務があるから、ここまでだな」

「ありがとうございました!!」

「レナ、あとでな」

勢いよく頭を下げたユーゴに頷《うなず》くと、エリアス様は私に軽く手を上げ、執務室の方向へと去って行った。

「……副団長が女性に優しくしているところ、初めて見ました」

「へ？」

エリアス様の後ろ姿を二人で見送っていると、ユーゴが感嘆を漏らした。

「エリアス様はみんなに優しい方でしょ？」

きょとんとする私にユーゴは目を丸くしたかと思うと、すぐに生暖かい笑顔だけ返した。

(何、その顔？)

ユーゴの言いたいことがわからず首を傾げていると、彼は先ほど飛ばされた場所にしゃがみ込み、剣を拾うと申し訳なさそうに言った。

「すみません。俺、レナさんの期待に応《こた》えられなくて……。副団長にも直々《じきじき》にご指導いただいたのに。賭け、負けちゃいますよね」

憧れのエリアス様に指導してもらえて嬉しいはずなのに、ユーゴはすっかり意気消沈していた。

「副団長はレナさんを手放す気が無いから、俺なんかに指導をしてくれたんだと思います。それなのに俺……」

「えっ!?　エリアス様はユーゴの力を信じているからこそ、来てくれたんでしょ！」

自己評価の低いユーゴはますます落ち込んでいく。私なんかの言葉じゃ響かない。

(うーん、魔力が視えるって言うわけにもいかないし、第一信じられないよね)

ユーゴのこの自己評価の低さが剣を迷わせている原因な気がする。でもエリアス様が指導してくれても、自信がつくどころか萎縮してしまっている。

（どうしたら……）

しょんぼりとしているユーゴを見る。

英雄と謳《うた》われたアシル様と同じ赤い髪の色さえ、彼の卑屈な気持ちを後押ししている気がする。

（あれ、そういえば？）

私は昔の記憶から妙案を思いつく。

「レナさん？」

考えを巡らせていた私を心配そうに窺《うかが》うユーゴに、自信満々に言った。

「ユーゴ、私はあなたの力を信じているわ。絶対にその力を発揮できるようにしてみせるから、待っていて！」


「レナ、もう一度言ってくれるか？」

夕食のあと、執務室で仕事をするエリアス様にいつもの薬を出し終え、お願いをした。

『エリアス様のお師匠様、アシル様に明日にでもお会いできる手筈《てはず》を整えてもらえませんか？』

私の急なお願いにエリアス様はさすがに驚いて、もう一度聞き返した。

「だから、すぐにでもアシル様にお会いしたいんです」

「師匠に……？　何でまた」

まだ驚いているエリアス様に私は力説をする。

「ユーゴの指導をお願いするんです!!　アシル様の魔力はユーゴと同じ火の魔力です。それに、英雄からの指導は彼の自信に繋《つな》がると思うんです！」

「確かに同じ属性のほうが相性は良いかもしれないな」

エリアス様は少し思案して言った。

「師匠は……会ってはくれると思うが、指導は断ると思うぞ」

「なぜですか？」

「師匠は最後の討伐で深手を負った。その場にいた聖女のおかげで事なきを得たんだが……」

エリアス様の話にどきりとする。

私がアシル様の呪いを吸い取り、姉が大聖女候補となるきっかけになった出来事だ。

「まあ、色々あって騎士団のことは俺たちに託して、師匠はもう国に関わることを避けられているからな」

呪いを受けたことが関係するのだろうか。

アクセル殿下から聞いたこの国のおかしな仕組みを思うと、そんなことが想像された。でも私には切札がある。

「とりあえず、お会いできませんか!?」

私の勢いにエリアス様はポカンとしながらも、最終的にはアシル様にお会いできる手筈を整えてくれた。

「うわ～！　レナさん、ドレス似合ってますね！」

「そ、そうかな？」

翌日、エリアス様が馬車を手配してくれた。出発前にミラーと落ち合い薬を手渡すと、彼が褒めてくれたのでホッとする。

騎士団に来たとき、私はいつものワンピース姿だった。薬師として必要性も感じていなかったけど、私はドレスを一着も持っていなかったのだ。

アシル様にお会いするのにどうしようと困っていたら、アクセル殿下が手配してくれた。

淡いピンクの生地に白のレースが上品にあしらわれ、さすが殿下の見立てたドレスだと、うっとりしてしまう。

こんな素敵なドレスを私なんかが着て大丈夫か心配だった。だってエリアス様は何も言ってくれなかった。さっきから無言で腕組みをし、後ろに立っている。

「もう痛みはないと思うけど、今日はまだ手を使わないでね」

彼の手に流れる魔力を視て伝える。

ミラーはあれからも私の言いつけ通り薬を塗って飲んで、大人しくしている。ユーゴの備品の管理を手伝いながら、手を使う以外の鍛錬で自身を鍛えていた。

（今日の処方で様子を見て、明日には訓練できるようになるはず）

ミラーにもらった三日で何とか彼を治せそうだ。選抜戦にも間に合う。

「はい。痛みが引いて気持ち的にも大分楽です。ありがとうございます」

患部を指差しながらミラーが笑う。包帯も取れて動かしやすそうだ。

「レナさん、ドレス姿だと聖女みたいですね。綺麗《きれい》です」

「からかわないで」

ニコニコしながらミラーが私を見るので恥ずかしくなってくる。綺麗なんて、人生で言われたことがない。

「いや、ほんと——」

「レナ、そろそろ」

ミラーがまだ何か話そうとしたところでエリアス様が後ろから声をかけた。

「は、はい！　お待たせしてすみません！　ミラー、またあとで視に来るね」

慌ててミラーに声をかけ、私は先に歩くエリアス様を追いかけた。


「君は、俺のメイドだったはずだが……」

「はい。だから呪いだけじゃなくて、エリアス様が率いる騎士団のために何かできないかと……ご迷惑でしたか？」

馬車に乗り込むなり、向かいのエリアス様がムスッと窓の方を向いてしまったので不安になる。

（私、また余計なことをしていたかな……）

「君が薬を必要とする者を放っておけないのはわかっている」

エリアス様は息を一つつくと、こちらを向いて口元を緩めた。

「騎士団のためにありがとう、レナ」

「エリアス様……」

その言葉が嬉しくて私は満面の笑みになる。

（私、エリアス様の役に立てているんだ！　良かった！）

そうこうするうちに、アシル様が住むお屋敷に着いた。

騎士服姿のエリアス様に手を取られ、馬車を降りる。まるでお姫様と騎士のような構図に、ドキドキして足を踏み外さないか心配になった。

「ここが師匠のご自宅だ」

目の前に広がる邸宅は、男爵家とは比べものにならないくらい大きくて立派だったけど、門を越えて広がる庭には色とりどりの花々が咲き誇り、温かくて親しみを覚えた。

「あら、エリアスさん？　あなた、エリアスさんがおいでになりましたよ」

優しそうで上品な女性が庭の茂みから私たちを見つけると、奥にいた人物に声をかけた。

「おお、エリアスか」

庭いじりをしていたその男性は、ラフなシャツにパンツ姿でこちらにひょっこりと顔を出した。

白髪が混じりつつあるが、まだまだ精悍《せいかん》な顔つきの赤い髪の紳士――英雄、アシル・ローレン様だ。

「師匠、突然の訪問の快諾、ありがとうございました」

エリアス様がアシル様に頭を下げる。私も一歩後ろで合わせて頭を下げた。

「いやいや、いつでも来ていいが、お前にしては珍しく突然だったな。何かあったのか？」

「はい。師匠に会いたいと申す者がおりまして――」

エリアス様はちらりと後ろの私に目線を送る。私はその視線に頷き、前に出て礼をする。

「お久しぶりです、アシル様。レナ・チェルニーと申します」

「君、は――」

アシル様は私の顔を見て一瞬で表情を変えた。

アシル様ならきっと私の顔を覚えてくださっていると思っていた。

名前を聞いてその顔には困惑の色が浮かぶ。

「レナ・チェルニー!?」

「君は、カミラ・チェルニーじゃないのか!?」


「まあまあ、立ち話もなんですから、中へお入りになって」

奥様に勧められて、私とエリアス様は応接室へと通された。上品なスカーレット色の壁紙に囲まれたその部屋には、先ほど庭で見た花が飾られている。

実家であるチェルニー男爵家の応接室は、メイソン様の趣味で豪奢《ごうしゃ》に飾り立てられていて落ち着かなかった。メイソン様がうちで過ごすのは応接室が多いため、彼のための仕様になっている。だからこの素敵な空間には心が和《なご》む。

（そういえば、お姉様はともかく、メイソン様すら何も音沙汰《おとさた》が無い……）

第二王子であるアクセル殿下の騎士団に容易に手出しできないのはわかるけど、狡猾《こうかつ》なあの人が静かなのは逆に怖い。

「はい、どうぞ」

ぶるりと身震いをしていると、奥様が目の前に紅茶を置いてくれた。

私とエリアス様は奥様にお礼を言う。そして、先ほど作業していた服装とは違うラフなシャツとズボンに着替えたアシル様が部屋に入って来た。

「待たせたね。それにしても驚いた。君には直接会ってお礼を言いたいと神殿に手紙を出したが、断られていたのでね」

アシル様は苦笑いで頭をかきながら、向かいのソファーに腰を落とした。

もちろん、姉の手柄になったことでメイソン様が神殿側に私と姉がアシル様に会わないよう手を回していたからだろう。大聖女候補の婚約者としても、メイソン様の力はすでに神殿で絶大なものになっていたため、それは彼にとって容易なことだった。

「せめてと、何かあったらいつでも力になると言付けたのだが……」

アシル様の表情が固くなるのがわかった。

姉とメイソン様はそのご厚意を、騎士団の聖女派遣に姉が参加しなくてもいいように手を回してもらうことに使った。神官長が大聖女候補に何かあっては大変だと姉の派遣を拒むようになったのも相まって、姉が魔物討伐の派遣に駆り出されることはなくなった。

「私はあんなにも一生懸命に私の命を救ってくれた君が、騎士団にはもう手を貸したくないのかと思いがっかりした。同時に、まだ少女だった君があのような怖い現場に二度と来たくない気持ちもわかった。だから……」

「そうか……。大聖女候補になったと聞いたが、君じゃなかったんだね？」

真剣な面持《おもも》ちで私を見たアシル様と目が合う。

「はい……」

私を見たまま目を細めると、全《すべ》てを悟ったかのようにアシル様は目を閉じた。

「師匠、話が見えないのですが、レナとは知り合いだったのですか？」

「何だ、お前がレナ嬢といるということは、アクセル殿下も彼女には会っているんだろう？　聞いていないのか？」

「なぜあいつの……殿下の名前が出るんです？」

エリアス様は眉《まゆ》をひそめると、上半身をアシル様の方へ傾けた。

アシル様からアクセル殿下の名前が出て、私もなぜだろうと首を傾げた。

「二年前のグリフォンとの戦いで、私の呪いを治してくれたのが彼女だ。その場にアクセル殿下もいらした」

「「えっ……」」

私とエリアス様の驚きの声が重なる。

（あの場にアクセル殿下がいらっしゃったなんて。あのときは必死で気づかなかった……）

「レナが……師匠の命の恩人!?」

考え込む私の横で、エリアス様が珍しく声をあげてこちらを見た。

「はい……一応……」

私はエリアス様にへらりと笑顔を向けた。

「だからあいつ、大聖女候補を胡散臭《うさんくさ》いとか言って調べていたのか！」

「何だ、アクセル殿下は気づいていらしたのか。私にも言ってくだされば良かったものを……」

「あいつはいつもそうです。核心に迫りながらも、話すのは全てが終わってからだ」

「はは、お前も苦労するな」

（殿下、やっぱり食えない人……）

怒るエリアス様と苦笑いするアシル様の会話を呆然《ぼうぜん》としながら聞いていた。

「改めてお礼を言いたい。レナ嬢、あのときは私の命を救ってくれてありがとう」

「え、そんな！　頭を上げてください！　私はできることをしたまでですから！」

頭を下げるアシル様に慌てて言った。

「そうかありがとう。ところでレナ嬢はどうしてエリアスと一緒に？　二人こそ知り合いだったのかな」

「えっと……」

どう答えようか思案していると、エリアス様が口を開いた。

「レナは姉から虐待を受けていました。彼女の力を利用し、今も名声をほしいままにしています」

「……私の呪いを伏せ、大怪我から救ったことにしたのはそのためだったんだな」

エリアス様の説明にアシル様が渋い顔になる。

「はい。そのようです。レナは騎士団で保護し、俺付きのメイドということにしてあります。師匠を助けたのがレナなら、余計にあの家に引き渡すわけにはいきません。俺たちで守ってみせます」

「そうか」

（この人は、騎士団のことだけじゃなくて、私のことまで……）

先ほど感じた恐怖が払拭されていく。

「それに彼女は薬師として優秀です。騎士団は彼女に助けられています」

「エリアス様……」

私にとって最高の誉め言葉だ。嬉しくて胸がいっぱいになった。

「私こそ、エリアス様に命を救っていただいたのはその討伐のときなんですよ？」

感極まったまま横のエリアス様を見上げれば、彼は瞳を大きく見開いた。

どうしたんだろう？　と覗《のぞ》き込めば、エリアス様の瞳に光が宿る。

「もしかして……あのとき、騎士団のために力を使い倒れていた聖女が……レナ？」

カチリとパズルのピースを当てはめるかのように、エリアス様が答え合わせをする。

「はい。エリアス様、あのときは助けていただいてありがとうございました」

「そうか……師匠を助けてくれた聖女とあのときの聖女は同じだったんだな」

エリアス様の目が優しく細められ、空気が変わるのを感じた。いつもの彼と様子が違い、鼓動が速くなる。

「……これは珍しいものを見たな」

アシル様の驚きの声に我に返る。エリアス様を見れば、いつもの無表情に戻っていた。

エリアス様から私に視線を移すと、アシル様はソファーに深く掛け直して言った。

「さて、レナ嬢。本題に入ろうか？　私に何の用だい？」


「レナはすごいな。本当に目的を果たすなんて」

帰りの馬車の中、エリアス様が感心しながら言った。

アシル様にはさっそく明日からユーゴの特訓を見てもらえることになった。エリアス様の話から「もう騎士団に関わることをやめているから」と断られる覚悟もしていたのに。

『何かあれば力になるという約束、果たしていないからな』

そう言ってアシル様は優しく微笑《ほほえ》んだ。

(さすが英雄だなあ……)

アシル様の言葉を思い返しほんわかしていると、エリアス様がこちらをじっと見ていた。

「あの英雄との約束を、君はまた人のために使うんだな」

「えっ？　今使わないで、いつ使うんですか？」

エリアス様の言葉にポカンとすると、彼は困ったように笑った。

「俺も、レナに何かあれば必ず助ける」

「へっ!?　私のは、エリアス様に助けてもらった恩返しですよ？　最初に言いましたよね!?」

エリアス様の言葉に驚いて返す。

「俺もレナにこの命を救ってもらう礼だ」

「そしたらまた、エリアス様に恩返ししなきゃいけなくなるのですが……」

「それでずっと騎士団にいればいいじゃないか」

エリアス様の言葉に上目遣いでモゴモゴと言えば、彼はあっさりとそんなことを言いのけた。

そんなことを言われたら、エリアス様とのこの関係がずっと続くのではないかと期待してしまう。

（エリアス様の呪いを治したら、私は騎士団を去るんだから）

これ以上のことを望むなんて不相応だ。

馬車の窓から外を眺めるエリアス様の横顔を目に焼き付けるように、私は自身に何度も言い聞かせた。

帰り道を走る馬車は王都の街中に入ると、馬車停めの場所で止まった。

「用事ですか？」

馬車の扉が開かれ、エリアス様が先に腰を上げる。

「レナ、君のドレス、アクセルが用意したんだろう？　女性に不慣れで気づかずにすまなかった。これから買いに行こう」

一足先に馬車から降りたエリアス様は手を差し出して言った。

「へっ……」

「着の身着のまま騎士団預かりになったから仕方ないが、必要なものがあれば俺にも言って欲しい」

固まる私にエリアス様はコホン、と咳払《せきばら》いをしながら言った。

今日ドレスが必要だったのはアシル様にお会いするからであって、普段はアクセル殿下が手配してくれたお仕着せで充分だ。下着や生活に必要なものも殿下が懇意の商会から女性を派遣してくれたので、困ってはいない。

「あの、エリアス様、私はお仕着せで充分ですので」

そう言って立ち上がった私の手をエリアス様が引く。

「わわっ!!」

馬車を半ば強引に降りさせられた私は、エリアス様の腕の中へと受け止められた。

「出かけるとき、女性は着飾るものだろう？」

「え？」

今日は必要に迫られてで、私がドレスを着る機会はない。

「せっかく出かけたんだから、俺にも礼をさせてくれ」

首を傾げる私にエリアス様がいまだ私を受け止めたまま言う。表情はわからないが、照れながら言っているのが声色でわかった。

（お礼は必要ないって言ったのに……エリアス様は情が深いんだな）

エリアス様はそのまま私の手を引いて、街の中を進んで行った。その不器用な優しさに心が温かくなった。

「これは、クレメント様!!　ご来店されるとは珍しいですね」

エリアス様に連れられて来たのは、立派な門構えの高級ブティックだった。女性店主が奥から慌てて出て来てエリアス様を迎えた。

（ひえ、チェルニー男爵家の全財産を注ぎ込まなきゃ買えなそうなお高い店だ！）

「この女性にドレスを見繕って欲しい」

後ろで尻込みしていると、エリアス様が店主に紹介した。

「エリアス様、何もここでなくても、もっとお手頃な……」

「レナ、俺は一応高給取りだ。安心しろ」

ヒソヒソとエリアス様に耳打ちするも、真顔で返されてしまった。

「さあ、こちらへどうぞ」

（ひえええ――――！）

促されるまま奥へと連れて行かれた私は、店主にあれやこれやと着飾られてしまった。

「クレメント様、どうでしょう？」

店主の得意げな顔に引き連れられ着飾られた私は、エリアス様の前におずおずと出る。

鮮やかなスカイブルーの生地はAラインに広がり、裾は段々のフリルに金糸で上品に刺《し》繍《しゅう》がされている。

ドレスに合わせて縛りっぱなしだった髪も下ろされ、癖を活かしてゆるやかに巻かれている。お化粧まで施され、何だか恥ずかしい。

エリアス様が口元を手で覆い、固まっていた。

(やっぱり、私にはこんな高いドレス似合わないよね……)

「お嬢様の瞳の色の布地に、クレメント様の瞳の色の糸で刺繍が入ったドレスです。素敵でしょう？」

心の中で泣く私に、店主が追い打ちをかける。

「わ、私、エリアス様の恋人じゃありません!! ち、違うドレスにしてください！」

「まあまあ、初々《ういうい》しいこと。クレメント様が女性を連れて来られるのは初めてですものね」

動揺する私の話を聞かず、店主が喜々と盛り上がる。

「エリアス様も否定してください!!」

「………」

「エリアス様？」

「支払いの手続きをしてくる」

エリアス様はいつもの無表情で、店主と店の奥に消えて行った。

(そりゃ間違えられて嬉しくないわけじゃないけど、私は呪いを治すために側にいるわけで……)

まだ煩《うるさ》い心臓を落ち着けるように待合室のソファーへと腰を沈めた。

「……レナ？」

落ち着く間もなく、聞き覚えのある嫌な声に私の背筋が凍る。

「驚いた。お前、レナだろう？」

「メイソン……さま……」

いやらしさの浮かぶ私の嫌いな青い瞳に見据えられ、私はソファーに縫い留められてしまったかのように動けなくなってしまった。

「へえ、見違えたな」

「何で……ここに……」

やっとの思いで吐き出した言葉は、すぐに消え入るようにしぼんでいく。

ここ数日の幸せな気持ちが一瞬で闇へと引きずられていく。

「お前、騎士団でコソコソと何をしてるわけ？」

メイソン様はドスンと私の隣に腰かけ、後ろの背もたれに腕を回す。

答えられず俯いていると、顎《あご》をぐいっと引き寄せられた。

「レナ、俺から逃げられると思うなよ？」

「メイソン様、あなたはお姉様の婚約者です。もう私を解放してください」

至近距離で詰め寄るメイソン様に私は懇願した。

「何の冗談だ？　お前は一生、俺のために生きていくんだ。可哀想《かわいそう》に、カミラは今お前の嫌がらせと暴力により病んで、神殿通いを休んでいるんだぞ？」

メイソン様がそういうことにしたのだと、すぐにわかった。姉は、私の魔力を吸い取る力が無ければ多くの治癒《ちゆ》をこなせない。

騎士団にそんな噂《うわさ》は入って来なかった。アクセル殿下やエリアス様が止めてくださっていたのだろう。

「私はあなたの、あなたたちのところへは戻りません！」

震える心を奮い立たせ、メイソン様を睨《にら》んだ。

「お飾りの愛人が嫌なら、本当の愛人として愛してやってもいいぞ？」

「なっ!?」

「お前がそんなに綺麗に化けるなんてな。着飾ればいけるじゃないか」

メイソン様は顎を寄せたまま、気持ち悪い笑みで唇を近付けようとした。

（嫌だ――）

ぎゅっと身を固くした瞬間、メイソン様の身体が離れていった。見上げるとそこには支払いを済ませたエリアス様が立っていた。

「何をしている！」

「エリアス様……」

エリアス様は怖い顔でメイソン様の襟元を掴む。

「お前、レナに何をしようとした！」

「これはこれは、クレメント公爵家のご子息様。何をするかですって？　彼女は私の愛人ですよ？　貴方《あなた》様には関係のないことでしょう」

「レナは愛人なんかではない。彼女を貶《おとし》めるのは許さない」

エリアス様は怒りを声に含みながらも、メイソン様から手を離した。

「ふ、はは、公爵家のご子息ともあろう方が、こんな女を庇《かば》うんですか？　それとも人の女を取るのがご趣味で？」

ソファーに身を沈め、メイソン様が不気味に笑った。

「レナは誰のものでもない。これ以上彼女に近付くようなら容赦しない」

「ずいぶんその女に取り込まれたようですね？　レナは私を脅して身体の関係を迫るような悪女ですよ？」

（やめて！　そんな嘘《うそ》、エリアス様に聞かせないで!!）

叫びたいけど声にならない。メイソン様に好き勝手言われて悔しい。

「目撃者もいるから噂になるんですよ？　そんな女、さっさと私に返されたほうが御身のためかと」

ニヤリと笑うメイソン様に、私は拳を震わせながらエリアス様からそっと距離を取った。

「レナは俺専属のメイドだ。俺はレナの言葉しか信じない」

エリアス様は離れた私の腕を引き寄せると、肩に手を回してメイソン様に宣言した。

「行こう、レナ」

エリアス様に肩を抱き寄せられたまま、ブティックを後にした。

「レナ！　お前は必ず俺の元に戻って来る！　そのときは可愛がってやるからな!!」

私たちの後ろでそう叫ぶメイソン様の言葉が恐ろしくて、身震いをした。

「レナ、大丈夫か？」

「はい……エリアス様、ご迷惑をおかけして申し訳ございません」

私の肩を抱いたまま、エリアス様が優しく声をかけてくれる。

私は、きっとこのままでは済まないんじゃないかという恐ろしさで身体の震えが止まらない。あの狡猾なメイソン様からは逃れられない気がした。

(殿下たちに守ってくれると言われてすっかり安心しきっていたんだな)

あいつが何もしないわけがないんだ。迷惑をかけられない。

「レナ？」

心配そうに覗き込むエリアス様にハッとする。

「あ、ドレス、着たまま出ちゃいましたね」

慌ててエリアス様にそう言えば、ぎこちない返事が返ってきた。

「それはレナに贈った物だから着ていろ。……せっかくだから食事でもしていこうか」

「えっ」

私はエリアス様に再び手を取られ、街中を歩き出した。

日が沈み始めた城下町は建物がオレンジ色に染められ、美しい。

前を歩くエリアス様の黒い髪も優しく照らされている。

(エリアス様はやっぱり私の王子様だ……)

初恋だった宝物のような思い出がますます輝きを増して大切なものになっていく。

慣れないだろうに、私の手を優しく引いてくれている。

「エリアス様、ありがとうございます……」

「どうした、レナ？」

ぽつりと呟《つぶや》いた私の言葉に、彼が照れくさそうな表情で振り返る。

私は何も言わず、笑顔で首を振った。

夕日に照らされたエリアス様の顔が赤く染められたように見えた。

◇◇◇

『エリアス、一人で戦っているのではない。私たちは多くの者に支えられて戦っているのだ』

『でも師匠、周りは弱すぎるから、俺は一人で何とかしないとアクセルを守れません』

『……そうか。お前に大切な者ができればわかるだろうな』

『後にも先にも、それはアクセルだけです』

そう返したときの師匠の困った笑顔は、今でも覚えている。

二年前の討伐で師匠が聖女に命を救われたと聞いたとき、俺は初めて聖女に感謝した。倒れた聖女を見つけ声をかけたのも、もしかしたら師匠を助けてくれた聖女かもしれないと思ったからだ。

初めて接触した聖女はその力を使い果たしたのか、動けなくなっていた。

そのとき俺は初めて唐突に、師匠の言葉を理解した。

弱い者を守るのはアクセルの望みだから仕方なくやっていた。でもその弱い者が俺の大切な人を救う。師匠が呪いを受けたように、アクセルだっていつ危険に晒《さら》されるかわからない。俺が盾になりさえすればいいと思っていた。しかし、それだけではアクセルを守れないのだと気づいた。

（騎士団を、アクセルを見えない場所で支えるこの聖女のような存在を捨てておいてはならない……）

その聖女は限界だろうに、別れ際俺に治癒を施してくれた。職務とはいえ、他人のために力を惜しみなく使う小さな少女に、俺は大切なことを教わったのだ。

討伐後、副団長に就任した俺は騎士団を底上げするべく、編成や鍛錬の内容を見直した。アクセルを守るため、騎士団員たちを無駄死にさせないために。

俺はそれからも変わらず聖女の世話になることはなかったが、ずっと彼女が気になっていた。

騎士団に力の限り尽くす彼女ならきっと、また魔物討伐に参加するだろう。アクセルや彼女が守ろうとする全てを俺も守りたい。俺はそう思うようになった。

「エリアス様？」

目の前のレナがきょとんとした目でこちらを見ていた。

「ああ、入ろうか」

どうやら店の前で立ち止まっていたようだ。

握りしめていた手は震えが止まっていた。

シクス伯爵子息に怯《おび》える彼女を見て、守らなければと思った。

それが騎士としての責任だとか、義務だというのとは違う。

他人のために必死になるその姿も、俺に向けるそのひたむきな瞳も二年前と変わらず、目が離せない。

誰よりも守りたい。彼女を笑顔にしたいのに、どうしたらいいかわからない。

いつの間にかレナが俺の心の中を占めていた。

そうか、これが好きという感情か――。

第四章　選抜戦と変わる騎士団

「レ、レレレ、レナさん!?」

　翌日、アシル様は約束通り騎士団を訪れてくれた。目立たないようにとアクセル殿下が配慮してくださり、裏口からこっそりと入って来てもらった。場所はいつもの備品倉庫近くの訓練場だ。

　アシル様を見て、ユーゴがものすごく動揺をしている。

「ユーゴ、アシル様に来てもらったからには百人力だからね！」

「ユーゴ、君は私と同じ火の魔力持ちらしいじゃないか。こんな老いぼれでは頼りないかもしれないが、教えられることはまだあると思うからついてきなさい」

「そそそ、そんな!!　恐れ多い!!　よ、よろしくお願いいたします!!」

　ユーゴの恐縮しまくった挨拶もそこそこに、さっそくアシル様の指導は始まった。

　ガッチガチに緊張していたユーゴはだんだんとほぐれ、必死にアシル様に食らいついて剣を振っている。

　アシル様にはユーゴが彼と同じ火の魔力を持つこと、その力は強いのに滞っていることを説明すると、「具体的にどこが?」と聞かれたので詳しく説明した。

　私の説明を聞いたアシル様はすぐに納得して、的確な指導をユーゴに施していた。

魔法を具現化するのは選ばれた人にしかできない。でも身体《からだ》に流れる魔力を鍛え、剣に流すことにより騎士は魔物と対等に戦えるのだとアシル様に教えていただいた。

（ユーゴの魔力の流れが良くなってる！）

見学が許されていた私は、アシル様への報告も兼ねてユーゴの魔力を観察していた。

「うおー、ユーゴのやつ、メキメキものにしていくなあ」

さらに翌日見学していると、ミラーがやって来た。

「ミラー、調子はどう？」

「レナさんのおかげで絶好調ですよ」

「よかった！」

すっかり怪我《けが》が治ったミラーは、備品の管理中にユーゴとも仲良くなった。ユーゴを弟のように可愛がってくれ、一緒に訓練もするようになっていて、昨日もここを訪れていた。

英雄アシル様がユーゴの指導をしていることにものすごく驚いていたけど、わけを話すと「さすがレナさん！」と言って笑った。

一緒に見学していたミラーは、アシル様へ稽古終わりに提案をした。

『アシル様に客観的に見てもらうためにもユーゴの相手が必要だと思うので、俺も一緒に参加していいですか？』

アシル様は快く受け入れてくれて、ユーゴも喜んだ。

「レナさんは俺の幸運の女神です」

「へっ？」

ミラーが変なことを言うので思わず素《す》っ頓狂《とんきょう》な声を出した。

「手を完全に治してもらって選抜戦に間に合った上に、俺まで英雄の指導を受けられるチャンスもらえたんですから」

嬉《うれ》しそうに笑ってこちらを見るミラーに、何だか照れくさくなる。

「それはミラーの努力と、その優しい人柄のおかげでやって来たチャンスじゃないかな？」

「レナさん……」

ミラーとの間にほんわかとした空気が流れる。

「レナ」

そんな空気はエリアス様の一声で一転した。

「エリアス様！」

「ふ、ふ、副団長!!」

私が振り返ると同時にミラーはビシッとなり、頭を下げた。

「どうしたんですか？」

緊張で固まるミラーを横目にエリアス様に尋ねる。

「俺も久しぶりに師匠と手合わせをしてもらおうと思ってな」

「もう、ユーゴのための特訓ですからね？」

「わかってるさ」

そう言いながらも側《そば》に寄った私の頭に手を置き、どこか嬉しそうだ。エリアス様にとってもアシル様は特別な存在なのかもしれない。

「ミラー、俺も参加するぞ」

「ひっ……は、はい」

視線を向けたエリアス様にミラーはなぜか怯《おび》えた。英雄と副団長、一緒に鍛錬できるなんて喜びそうなのに。

「それと、レナは俺のメイドだ」

エリアス様の手が私の肩を引き寄せた。

（私がエリアス様の専属メイドなのはミラーだって知っているのに、いまさら？）

エリアス様が言わんとしていることがわからずに首を捻《ひね》った。

「わ、わかっております！　街でお二人がデートをされていたことも、騎士団内では噂《うわさ》になっておりますから！」

「デ!?」

彼の言葉に私は飛び上がった。

（デ、デデデ、デート!?）

それは一昨日、アシル様を訪ねた帰りのことを言っているのだろうか。

エリアス様がドレスをプレゼントしてくれて、メイソン様と鉢合わせてしまった私を元気づけるために食事に連れて行ってくれた、あの日のことを。

お店はやっぱり高そうで落ち着かなかったけど、食べたことのない美味《おい》しい料理ばかりで口が幸せになった。

「ならいい」

無表情で答えるエリアス様にミラーは頭を下げると、「先に行きます」と早足で去って行った。

「あの、エリアス様……。一昨日のこと、騎士団で噂になっているのなら、否定したほうが……」

二人きりになったところで、私はコソコソとエリアス様に言った。

まだ肩を寄せられているので、距離が近くてドキドキしてしまう。もう少しで抱きしめられそうな距離に、あの日馬車から落ちそうな私を抱きとめてくれた逞《たくま》しい感触を思い出して赤くなる。

「いや、騎士たちを牽制《けんせい》しておくにはちょうどいい」

「牽制も何も私、この紋章のせいで誰も近寄って来ないですよ？」

お仕着せを示しながら伝えると、エリアス様が真剣な眼差《まなざ》しを向けた。

「レナのほうが困っている者を見つけるとすぐに飛んで行ってしまうだろう。現にユーゴとミラー、二人とは距離が近いようだが？」

（エリアス様どうしたんだろう？　今までそんなこと気にされていなかったのに）

騎士たちに関わりすぎてエリアス様の秘密が漏れる心配をしているのだろうか。

「エリアス様、私は薬師《くすし》です。患者さんのことは口外しません」

「レナのことは信用している」

「ありがとうございます……！」

彼の言葉に喜びながらも、じゃあ何で？　と聞こうとすると、エリアス様は私の肩から手を離し、正面に向き直った。

「レナ、呪いだけじゃなく、俺の全《すべ》てを見て欲しい」

（？　他に悪いところがあったかな？）

エリアス様が頼ってくれるなんて珍しい。私は薬師として笑顔で胸を叩《たた》いた。

「任せてください！　エリアス様を第一に治してみせますから！」

自信たっぷりに答えた私に、エリアス様は一瞬目を点にして、大きく息を吐いた。そして「師匠の元に行ってくる」と言って離れて行ってしまった。

「はい！　頑張ってください！」

どうしたんだろう？　と思いながらも、私は鍛錬に向かうエリアス様に激励を送った。


「あいつ、自分だけずるいよねー」

さらに翌日、アクセル殿下が訓練場にやって来た。ユーゴとミラーはかなり恐縮していたが、「気にしないで」と殿下は返し、アシル様とエリアス様の「続けるぞ」と言う言葉によって特訓は続けられている。

アシル様と手合わせをするエリアス様は生き生きとしている。

「いやー、あいつも元気になったなあ。実際、例の件はどうなわけ？　レナ嬢」

「順調です！」

元気よく答えると、殿下は満足げに微笑《ほほえ》んだ。

エリアス様の呪いは毎日の薬が功を奏して、かなり弱くなっている。こうして激しい鍛錬をされても問題がないくらいで、完治までもうすぐだ。

ミラーの手はすっかり治ったし、ユーゴの特訓も順調だ。私が関わらせてもらったことが良い方向に進んでいて嬉しい。

「実は二年前にグリフォンを討伐した森の様子が不穏らしくてね。近々討伐に行くことになる。今度の選抜戦はそのためのものなんだ」

「二年前の……」

私が死にかけた森だ。

アクセル殿下の深刻な様子にごくりと喉を鳴らした。

「ふう、さすが皆強いな」

そこへアシル様が汗を拭きながらやって来た。

「アクセル殿下、殿下も稽古に？」

「ふふふ、まさか。皆の様子を見に、ですよ」

アシル様の問いにアクセル殿下は笑顔で返した。先ほどの緊迫した空気が和《やわ》らいでホッとする。

「ところでずっと気になっていたんですが……なぜレナ嬢を騎士団で保護したんです？　殿下ならもっと安全な場所をご用意できたでしょう」

「レナ嬢の能力は素晴らしいですからね。騎士団を手伝ってもらっているのですよ」

探るようなアシル様の問いに殿下がにこやかに答えた。

「……エリアスの専属メイドらしいが？」

「そのほうがレナ嬢を動かしやすいので」

殿下の答えに眉根《まゆね》を寄せたアシル様がさらに問い詰めるように言ったが、殿下はまたニコニコと即答した。

「アクセル殿下」

アシル様の重みのある声色で殿下の表情からも笑みが消える。

「私の命を救ってくれたレナ嬢の力は誰よりもわかっています」

アシル様は私に身体を向け、核心を突く。

「レナ嬢、エリアスもそうなんだね？」

何も言えない私は思わずアクセル殿下を見る。殿下はやれやれと観念した表情で言った。

「さすがは元団長……」

「弟子の機微くらい見抜けますよ」

アクセル殿下の言葉にアシル様の口元がようやく緩む。

「二年前とは違います。彼女は薬を完成させました。誰も犠牲にすることなく、確実にやってくれていますよ」

「本当か？」

アクセル殿下の説明にアシル様が心配そうに尋ねてくれた。

「はい、殿下のおっしゃる通りです。ご心配されることはないですよ！」

私はアシル様に安心してもらえるよう元気よく答えた。アシル様を治したあのときは必死で、後先考えずに呪いを吸い取った。でも今は完成した薬がある。

「そうか……。弟子まで迷惑をかけるね。ありがとう」

アシル様はそう言うと、優しく微笑んだ。

(ふふっ、こういうところ、エリアス様に似ているな)

弟子は師匠に似るものなのかもしれない。そんな微笑ましさでニコニコとしていると、アクセル殿下がとんでもないことを投下した。

「師匠、レナ嬢はエリアス専属のメイドですよ？　先日も街でデートをしていたと騎士団内で噂になっています」

「なっ!?　アクセル殿下!?」

あの噂をアシル様にまで知られることになり、私は慌てる。

「ほう、そうか。なるほど。あのエリアスがなあ……」

(何がなるほど!?)

なぜか納得するアシル様とアクセル殿下の会話にいたたまれなくなる。

「いえ、あれはエリアス様が私を元気づけるためにしてくださったことで、けしてデートでは……」

「でも、エリアスは否定していないようだけど？」

ニヤニヤと笑う殿下は意地が悪い。

「それは、エリアス様が秘密を握る私を管理しておくため……じゃないでしょうか？」

真剣に答えた私になぜか殿下が変な顔をしている。

「はあ、なるほど。やっとエリアスが自覚したと思ったのに、レナ嬢がこれではねえ……」

「どういう意味ですか？」

溜息《ためいき》をつきながら漏らすアクセル殿下に首を傾《かし》げた。

「何を話しているんだ」

いつの間にか後ろに立っていたエリアス様に殿下が愉快そうに振り返る。

「いや、エリアスお前、もっとレナ嬢にアピールしたほうがいいんじゃない……ぐっ！」

「お前も団長として参加していけ！」

話の途中でアクセル殿下はエリアス様に首根っこを掴《つか》まれて、訓練場の中央へと引きずられて行ってしまった。

「ははは、賑《にぎ》やかだな」

そんなお二人を見送って、アシル様が豪快に笑った。

「……エリアスは昔、アクセル殿下を守ることしか考えられない子でね」

独《ひと》り言《ごと》のようにぽつりと話し出したアシル様の意外な言葉を、私は黙って聞いた。

（みんなのために必死なエリアス様が？）

「だから私はエリアスが強くあるよう鍛えるとともに、大事なことを説いてきた。それでもあいつの根っこの部分が変わることはなかったんだが……」

アシル様は少し悲しそうに言うと、私を見て微笑んだ。

「でもレナ嬢、君がいればあいつは大丈夫だ。この前、君と私の元へ訪ねて来たあいつの顔を見て、そう思った」

「私がエリアス様をきちんと治してみせますからね」

「ははっ……そうだな」

アシル様はまた豪快に笑うと、私に向き直った。

「あいつのこと、頼んだよ」

「はい、お任せください！」

力いっぱいに答えると、アシル様は優しい父親のような表情で笑った。


「いよいよですね！」

「朝から元気だな、レナは」

選抜戦当日の朝、薬を出し終えた私はトレーを抱えながらガッツポーズをしてみせた。

「だって！　今日はいよいよ選抜戦ですよ！　きっとみんながユーゴを見直します！」

「その様子じゃユーゴの仕上がりは上々みたいだな？」

薬を飲み終えたエリアス様がおかしそうに笑う。

（うん！　薬の効き目もばっちり！）

エリアス様の呪いを確認した私は、心の中でもう一度ガッツポーズをした。

すっかり薄れた呪いがエリアス様から消え去るまであと少しだ。厄介《やっかい》なそれは、薄れてからがしつこいようで、心臓近くに留《とど》まり続けている。薬で抑えているため悪化することはなく、あとは根気よく消滅するのを待つだけだ。

もうすぐ私の役目も終わる。寂しさを振り払うようにエリアス様に元気よく答えた。

「はい！　アシル様のお墨付きですからね！」

エリアス様はお忙しく、あれ以来ユーゴの特訓に顔を出すことはなかった。

ユーゴはあれからもメキメキと力を付け、自身の魔力をコントロールできるようになった。自信をつけた彼があっという間に強くなるのは明白で、一緒に鍛錬していたミラーも舌を巻いていた。ユーゴは去年選抜されたミラーをも凌《しの》ぐ強さを身に付けたのだ。

「弟みたいに思っていたのに、すっかり大人《おとな》っぽくなって……」

しみじみとユーゴの成長に浸っていると、エリアス様の視線を感じて顔を戻す。

「……そうか」

「もう、立派な騎士ですよ！」

エリアス様に憧れていたユーゴが自身の能力を開花させて嬉しい。そんな気持ちでエリアス様に笑顔を向けた。

「そうか……」

「？」

エリアス様は選抜戦のことで頭がいっぱいだったのか、私に「そうか」しか答えなかった。

「やあ、来たね」

一番大きな訓練場にたどり着くと椅子《いす》が設置されており、アクセル殿下が先にかけて私たちを出迎えてくれた。

「アシル様!?」

「師匠、いらしてくださったのですか」

アクセル殿下の隣にアシル様が立っていたので、私たちは驚いた。

「最後まで見届けたくてね」

お願いは昨日の訓練までだったのに、そう言って微笑むアシル様は義理堅くて優しいお方だ。

団長席の隣の副団長席にエリアス様も座る。私は少し後ろに控えるようにして立った。

この選抜戦、私も観覧させてもらえることになってありがたい。本来なら関係者以外立ち入り禁止だけど、エリアス様のメイドとして、そして賭けのこともあるのでアクセル殿下の権限で入れてもらえたのだ。

「じゃあ、始めようか」

アクセル殿下の言葉を皮切りに、ついに選抜戦が始まった。

揃《そろ》いの白い騎士服をまとった騎士団員たちが一堂に会し、圧巻だ。前回の選抜メンバーで、なおかつ上位だったマテオやミラーは最終組らしく、奥で準備をしながらも試合を見守っている。

そんな中、ついにユーゴの一戦目が始まる。

（ユーゴ、頑張って!!）

ユーゴの登場にマテオがニヤニヤと一番前で観戦している。

「どうせ今年も一回戦即負けだろ」

マテオの言葉に周りの騎士たちも笑った。

マテオは騎士団一の実力者だけあって、何人かの取り巻きを従えていた。

（笑っていられるのも今のうちよ！）

騎士団で一番小さいユーゴは、巨体の騎士に見下ろされながら向き合う。

でも彼は落ち着いていた。

あのオドオドとしていたユーゴはもういない。

「始め！」

審判を務める騎士の合図によって、巨体の騎士がすぐに仕掛けた。

笑いながら見ていた騎士たちは一瞬で青ざめることになる。

合図とともにユーゴに切りかかったはずの騎士が、地面に倒れていたからだ。そのすぐ側には剣を下ろすユーゴが立っていた。

「え……」

「今の見えたか？」

「いつの間に!?」

騎士たちがざわめく。

審判も呆然《ぼうぜん》としていたが、すぐにハッとし、高らかに叫んだ。

「勝者、ユーゴ!!」

「やったああ!!」

わっという歓声とともに、私も叫んだ。

「レナ……」

コホンと咳払《せきばら》いをするエリアス様に我に返ると、あろうことか私はエリアス様に抱きついてしまっていた。

「す、す、すみません!!」

「いや……」

急いでエリアス様から離れる。エリアス様の顔も何だか赤く見える。

(うう、やってしまった。つい嬉しくて)

「レナ嬢、私にはいつでも抱きついていいからね?」

そんなふざけたことを言うアクセル殿下を赤い顔のまま見れば、エリアス様から小突《こづ》かれていた。

中央に視線を戻すと、ユーゴが力いっぱいこちらに向かって手を振っていた。

私も満面の笑みで手を振り返した。

「え、まさかの伏兵?」

「うるさい!」

謎のやり取りをするアクセル殿下とエリアス様は置いておいて、私は自信に満ちたユーゴの表情が嬉しくて、何度も手を振った。


それからもユーゴは新星のごとく最終組まで勝ち進んだ。

「おい、どうなっているんだ？」

「あの見習いが⁉」

騎士たちの間には動揺と驚きが広がり、今回の選抜戦は大荒れだね、とアクセル殿下が笑って言った。


「ユーゴ、お疲れ様！」

昼休憩を挟んで、午後からはいよいよ最終組の試合だ。去年の選抜戦上位の騎士や、午前で勝ち上がったよりすぐりの騎士たちによるハイレベルな戦いになるだろう。

「レナさんもお疲れ様です」

いつもの備品倉庫近くにある広場のベンチで休憩するユーゴの様子を見に行くと、彼は落ち着いていた。

（俺なんかって言っていたユーゴがすっかり逞しくなったな）

一つ年上だけど弟のような存在のユーゴに思わず感慨深くなる。

「俺、レナさんの期待に応《こた》えられるように、アシル様のご指導に報いるために、必ず優勝してみせます」

「ユーゴならきっと成し遂げるよ！」

ユーゴの言葉に感動して、つい彼の手を握りしめた。

「いやいや、レナさん、それはまずいって」

飲み物を二つ持って現れたミラーは、一つをユーゴに差し出した。私はユーゴの手を離しながら言った。

「あ、ごめんね、ユーゴ。つい弟みたく思って。私、姉しかいなかったから、弟か妹がいたらなあって……嫌だったよね？」

「え？　まったく!!　嫌じゃないですよ!?」

「良かったあ……」

私の失礼なはずの言葉をユーゴが否定してくれて安心した。

（ユーゴも私のこと、お姉さんみたいに思ってくれていたらいいな）

「レナさんって妹なんですね。お姉さんって感じなのに」

「ほんと？」

ミラーの言葉に何だか嬉しくなる。

「じゃあ、お姉さん特製のサンドイッチを二人に振る舞おうかな」

私は元々ユーゴに差し入れしようと思って作ってきたサンドイッチを二人に差し出した。

「え？　いいんですか？」

「やったー！　レナさんありがとうございます！」

二人は喜んで私のサンドイッチを受け取ってくれた。

(ふふ、作ってきて良かった)

「でも、弟か……」

「仕方ない、ユーゴ。副団長には敵《かな》わないさ」

サンドイッチを食べながら二人は何か話していたけど、私には聞こえなかった。

三人でベンチに並んで座る。サンドイッチを残さず食べ終えたユーゴが真面目《まじめ》な顔でこちらを見た。

「レナさん、午後も見ていてください。俺……格好いいところ、見せますから」

「うん、楽しみにしてるね！」

先ほどから、ユーゴの頼もしさには目を瞠《みは》るものがある。

喜びで私からは笑顔がこぼれる。

「それって、俺にも勝つってことだよなー」

「はい！　ミラーさん、よろしくお願いします！」

「はー、若いって眩《まぶ》しい……」

ユーゴとミラーの微笑ましい会話に私はますます笑顔になる。ミラーもすっかり手が治って絶好調みたいだ。

「これから試合だっていうのに馴《な》れ合って余裕だな」

そこに突然ほんわかとした空気を壊す言葉が飛び込んできた。言葉の主の方を振り返ると、そこにはマテオが立っていた。

「ユーゴ、運で勝ち上がったみたいだが、最終組はそうはいかないからな。俺にたどり着く前に負けないようにな？」

「なっ……」

ユーゴの実力を運だと言うマテオに腹が立ち言い返そうとしたが、ユーゴに止められる。

「マテオさん、俺、今日は優勝してみせます。レナさんをあなたのメイドにはさせません」

「ユーゴ……」

マテオにきっぱりと宣言したユーゴは、表情もキリッとして堂々としている。

その様子を見たマテオは、面白くなさそうな顔をしながらも叫んだ。

「はっ！　みんな、何でこんな女に唆《そそのか》されてるんだよ！　こいつは誰とでも関係を持つ悪女だぞ！」

（え――――）

マテオの言い放った言葉に、私の身体は石のように固まった。

（何でマテオがそんな噂……）

忘れていた自分の悪評を突き付けられ、目の前が真っ暗になる。ユーゴとミラーの顔が見られない。

「どうやって取り入ったか知らないが、副団長にも色目を使って。お茶汲《く》み係が！」

「お茶汲み係――？」

聞き覚えのない名称にやっと口を開くと、マテオは優越感を抱いたように言った。

「お前、副団長のメイドのくせに、お茶汲みしか仕事をしていないだろ？　悪女は愛人の次は騎士団副団長にお茶汲み係として取り入った、ってもっぱらの噂になっているぜ」

（何てこと……）

恐れていたことが起こった。

確かに私はエリアス様のメイドとしては、薬を出す仕事しかしていない。

私の悪評のせいでエリアス様に迷惑をかけることだけはしたくなかった。エリアス様は気にしないって言ってくれたけど、やっぱり——

「俺にも取り入らせてやるよ、悪女。そんな無害そうな顔して、どうやって男に言い寄っているんだ？」

その場で動けずに俯《うつむ》く私に、マテオがいつの間にか距離を詰めていた。

マテオは私の顎《あご》を掴んで引き寄せる。

（嫌っ……）

瞬間、マテオとメイソン様が重なり、身体が拒否反応を示すが動けない。

「レナさん！」

助けようとしてくれたユーゴをミラーが止めた。

騎士たちの間で揉《も》め事《ごと》はご法度《はっと》だから当然だ。大事な試合の前にユーゴを守ってくれたミラーに感謝をして、私は意識をしっかりと保つ。

「私はエリアス様だけのメイドよ!!　他の誰にもこの身を捧《ささ》げないわ!!」

「な――」

「レナさん……」

マテオを睨《にら》んで放った言葉に、ユーゴとミラーが顔を赤くしている。

（あれ？　私、今とんでもないことを言った？）

マテオが何か言い返そうとしたとき、私の後ろからヒヤリと冷たい空気が流れてきた。

「何をしている」

（エリアス様！）

「ふ、副団長!!」

氷の魔力が流れ出て視える。エリアス様が私の後ろで怖い顔をして立っていた。

マテオは私の顎から手を離し、三人とも驚いた表情を見せていたが、すぐに頭を下げる。

「マテオ、ユーゴを侮ると足元をすくわれるぞ」

冷ややかに言い放つエリアス様に、マテオは顔を上げると言った。

「お言葉ですが俺は前回の優勝者ですよ？　副団長が一番ご存知のはずでは？　それなのにユーゴに賭けて、そのメイドを譲ることになってもよろしいということですか？」

「俺はレナを賭けの対象にするつもりはない。だが、前半の動きを見ればわかる。ユーゴはお前に勝つ」

「エリアス様……」

「副団長……」

エリアス様の言葉に、私もユーゴも感動してキラキラした目で彼を見る。

「でしたら俺が勝って、そのメイドを俺のものにしても文句は言わせませんからね!!」

マテオはそう言い返すと、その場から立ち去って行った。

「レナ、団員がすまない。大丈夫か？」

眉を少しだけ下げるエリアス様の表情が心配してくれているのだとわかる。

「私こそ騒ぎを起こしてすみません……。ユーゴたちに差し入れに来ただけなのに」

「差し入れ？」

エリアス様がベンチの上に置いてあるかごを見て、私の顔に視線を戻す。

「俺にはないのか」

「えっ!?　だって、エリアス様は殿下と一緒に昼食を取られる予定でしたから……」

少しムスッとした様子のエリアス様に慌てて言い訳をした。

（エリアス様、拗《す》ねてる!?　私の見間違い!?）

「差し入れの内容は？」

「サ、サンドイッチです……」

「じゃあ明日の昼は、俺に同じものを出すように」

「？　かしこまりました」

私の返事に満足そうにしている。どうやらエリアス様はサンドイッチが好きらしい。

「二人とも、マテオが先ほど言っていたことだが……」

改まってエリアス様が声をかけると、私はハッとして身体を固くした。

「俺、マテオさんの言うことなんて信じませんから！」

「え……」

ユーゴが力強く叫んだので、顔を上げて彼を見た。

「俺も。だって、俺たちの前にいるレナさんはいつも俺たちのために一生懸命で、悪女なんかじゃありませんから」

ミラーが続けて言った。

ユーゴとミラーの顔を交互に見る。

二人は真剣な顔で、心の底からそう思ってくれているのが伝わった。

噂じゃなくて私自身を見てくれる人はエリアス様やアクセル殿下の他にもいるんだとわかって、心が震えた。

「ありがとう。ユーゴ、ミラー！」

「レナ、君の本質はちゃんとした人間には伝わる。だからもうあんな噂に君が心を砕くことはない」

さっきまでの嫌な気持ちは拭い去られ、心がポカポカとする。

（私、騎士団に来られて本当に良かった）

エリアス様の温かい言葉に、私は諦めていた自分を取り戻していく。

「あの、副団長、俺が優勝したらお願いがあります」

そんな和やかな雰囲気の中、ユーゴがエリアス様に真剣な顔で言った。

「午前の試合が終わるなり急いでどこに行ったかと思ったら。レナ嬢、ユーゴの所に行っていたのか」

午後の選抜戦が始まる前、訓練場にエリアス様と一緒に戻るとアクセル殿下に尋ねられ、休憩中のことを説明した。

「エリアスのやつ、私と打ち合わせを終えると食事もそこそこに出て行ってしまってねえ。レナ嬢がいなくて気が気じゃなかったんだろうね」

「え……私、エリアス様にご心配おかけしていましたか？」

騎士団内を自由にウロウロするのはいつものことなので、アクセル殿下の話を聞いて私は驚いた。

「今日君はマテオと賭けをしているだろう。また厄介事に巻き込まれたら大変だからな」

「うう、すみません……」

エリアス様の言葉に私は反省した。色々と首を突っ込みすぎて、エリアス様に心労をかけていては本末転倒だ。

「エリアスはただこれ以上、伏兵を増やしたくないだけだよねー」

「黙れ……っ」

(伏兵？　私と接点があることで秘密が漏れる危険性があるってことだよね？)

重要なことなのにアクセル殿下はエリアス様をからかうように言って、二人はじゃれ合っている。

やっぱり言いたいことを言い合える二人の関係は羨ましい。

(私もエリアス様とそんな関係になれたら……。って、私は本来側にいられる立場でもないのに！)

「それで？　ユーゴのお願いとは何だったんだい？」

笑い上戸《じょうご》な殿下は目尻に涙を溜《た》めながら聞いた。

『俺が優勝したら、副団長、また手合わせを願えないでしょうか！』

ユーゴのお願いは、お願いと言えるのか疑問なほどささやかなものだった。

『……受けて立とう』

エリアス様はなぜか好戦的な目でそれを了承した。

「エリアス様は前にもユーゴを指導されていたし、副団長だからその機会はまたありますよね？　何でわざわざ？」

首を傾げる私に二人は答えない。

「ふふ、エリアス、頑張れ？」

「そうだな。ユーゴは強くなったが、俺も手加減する気はない」

目の前で楽しそうに笑うアクセル殿下に、エリアス様は真面目に答えている。

(どういうこと⁇)

よくわからないけど、それよりも嬉しかったことがある。

「それはそうとエリアス様、マテオにユーゴを侮るなって言ってくれましたよね！　ありがとうございます！」

以前エリアス様は、ユーゴはマテオに敵わないと言っていた。私は嬉しくてニコニコとエリアス様を見た。

「俺も油断してはいられないな」

「？」

さっきからなぜか会話が噛《か》み合わない。

ますます首を傾げていると、アクセル殿下が笑いながら言った。

「ほら、最終組の試合が始まるよ」

訓練場の中央へ目を向ければ、一回戦目が始まろうとしていた。

ユーゴとミラー、二人とも私の大切な友人だ。

開始の合図で礼をすると、ユーゴが素早く剣を振り下ろした。それをミラーが軽く受け流す。

ミラーは動きが軽く、まるで羽をまとっているかのように剣を操る。それなのに合わさる剣の音は訓練場に激しく響き渡る。特訓で見ていたけど、こうして本格的に戦うミラーを見るのは初めてだった。

（二人ともすごい！）

ミラーの動きにユーゴは幾度となく先回りをする。そうして激しく打ち合ううちに、ミラーがユーゴに剣を飛ばされ、勝負はついた。

「はー、やっぱ勝てなかったか」

「ミラーさん、ありがとうございました」

二人の健闘に私は思いっ切り拍手を送った。

それを見たエリアス様が私に続き、アクセル殿下、アシル様も拍手を送った。それに見習い、騎士たちからも拍手が湧き会場は温かな空気に包まれた。

「やるじゃん、お前！」

「二人とも凄かったぞ！」

控えの場所に戻った二人は騎士たちに笑顔で囲まれていた。もうユーゴを馬鹿にする人は、たった一人を除いていなかった。

それからもユーゴは順調に勝ち上がり、ついにマテオとの最終決戦へと進んだ。

(ついに、マテオと対戦だ！　ユーゴ、頑張って!!)

「お前とあの女を跪《ひざまず》かせてやる」

「……レナさんにそんなことはさせません」

二人は中央の位置で向かい合って一言交わすと、審判の合図で剣を構える。

「はじめ！」

「うおおおお」

マテオの速攻から始まり、剣を合わせる音が鳴り響く。

エースと呼ばれる実力者だけあって、マテオは強かった。その長身を活《い》かし、重い一撃をユーゴに連続して繰り出す。

速さもあるが、ユーゴだって負けていない。身軽さを活かして、マテオの攻撃を躱《かわ》し続けている。

「あの速さについていけるなんて凄いねえ」

殿下が感心して言った。

「師匠のご指導の賜物だろう。それをものにできたユーゴの素質とひたむきさもあるだろうがな」

ユーゴを褒めるエリアス様の言葉に私の口元が緩む。

「指導を請け負ったのは私だが、一番の功労者はレナ嬢だろう」

「へっ⁉　私、ですか？」

静かに観戦していたアシル様が私に穏やかな顔を向けて言った。

「レナ嬢が的確な魔力の流れを指摘することで、私も効率的な魔力の使い方を教えられた。それができれば剣術もあっという間に上達する。ユーゴは基礎もしっかりしていたしな」

「へえ、やるじゃんレナ嬢」

「あ、ありがとうございます？」

「何で疑問形なんだ。誇れ、レナの力のおかげだ」

アシル様、アクセル殿下と立て続けにお褒めいただき、こそばゆくなった私は目線を下げた。

（私の、力のおかげ……？）

姉に気味悪いと言われ、メイソン様に搾取《さくしゅ》されるしかなかった私の力が、エリアス様の、騎士団みんなの役に立った――――？

（嬉しい）

そんなことを考えていると、わああ‼　と一際大きな声が団員たちから響き渡る。

「勝者、ユーゴ！」

審判の高らかな宣言に、訓練場に割れんばかりの歓声が轟《とどろ》いた。

「勝った、勝った……！　エリアス様!!」

「ああ……当然だな」

興奮でエリアス様を見れば、彼は優しく目を細めた。

膝をついてその場から動かないマテオにユーゴが手を差し出す。悔しそうな表情をしながらもマテオはユーゴの手を取り、立ち上がる。そんな二人を称《たた》えるようにみんなからは拍手が送られた。

（あれ？）

ふと違和感を覚えた私は、マテオの魔力の流れを視《み》た。

力強い土の魔力がマテオの身体を流れている。

（何で魔力があんなに疲弊しているの？）

マテオの魔力の流れが滞っている。試合の疲れではなく、長く蓄積された疲労だとわかる。

賭けをした不遜な嫌な相手だけれど、私はマテオのことが心配になった。


選抜戦が終了し、頂点に立ったユーゴにはアクセル殿下から特別賞与が手渡される。

みんなに囲まれ称賛されるユーゴは照れくさそうだけど、満面の笑みで応えていた。

そんな中マテオがひっそりと訓練場を後にするのが見えたので、私は追いかけた。

「マテオ!!」

訓練場を出たところにある広場で彼を捕まえる。

マテオはチッと舌打ちをしてこちらを見た。

「何だよ……ユーゴが勝ったんだからいいだろ。俺はいい恥晒しだよ」

「そんなのどうでもいいから、ちょっと来て！」

「はあ⁉」

ふてくされるマテオを引きずり、私は医務室へと向かった。

「はい、これを飲んで！」

私に大人しく引きずられて来たマテオを椅子に座らせ、疲労回復薬を差し出した。

「なっ……俺を殺す気か⁉」

「失礼ね‼　これでも薬室で研究をしているれっきとした薬師よ、私は！」

身構えて薬を受け取らないマテオになぜかケンカ腰になってしまう。

「あなた、何でそんなに疲れているの？」

「！」

私の指摘にマテオは口を噤《つぐ》んだ。

「ミラーの手を治したのもお前だったたな……」

マテオはそう言うと一気に薬を飲み干した。

「にっ……が……！」

「不養生しているからよ！」

マテオが顔をしかめながらこぼした文句に、私は言い返す。

「なあ、お前なら、俺の妹を治せるか……？」

「え？」

椅子に座るマテオが上目遣いでこちらを見た。しおらしい態度に私は目をパチクリとする。

「いや！　何でもない！」

そう叫び、立ち上がったマテオの服の端を私は掴んだ。

「詳しく教えてくれる!?」

(薬を必要としている人がいるなら力になれるかもしれない)

そう思った私はマテオを椅子に座らせ、事情を聞いた。


「ええ!?　毎日神殿に通っているの？」

マテオには病弱な妹さんがいるらしい。一通りの話を聞いた私は、マテオに向かい合うように座った椅子から思わず立ち上がった。

「ああ。聖女に診てもらえるのはわずかな時間だ。あんなに人がいるのだから当然だが……」

マテオはバツが悪そうに、でもちゃんと話してくれた。

(だから遅刻しているのね？)

マテオは毎朝早くに妹さんを抱えて神殿に通い、家に送り届けてから騎士団に来ているそうだ。

……これはアクセル殿下も絶対に知っている案件だ。

(またあの人は……)

「通い続けなきゃいけないくらい、妹さん悪いの？」

椅子に座り、仕切り直す。

「ああ。昔から身体が弱かったんだが、薬では発作が治まらなくなってきてな。王太子殿下の政策のおかげもあって、神殿で聖女に診《み》てもらえるようになった」

神殿ではお金を持った貴族たちが優遇されている。その裏では本当に診てもらいたいマテオの妹さんのような人が大勢いるのだ。

その事実を目の当たりにして胸が痛む。

「どんな病気も治してしまうという次代の大聖女様とやらに診てもらえたら一番良いんだろうが……」

マテオが苦い顔で言った。

（ああ、次代の大聖女《お姉様》には大金を積まないとたどり着けないものね）

神官長は寄付金を積む貴族しかお姉様に通さないため、他の聖女よりも多くの人を癒《い》やしてはいるが、はっきり言って緊急性のある人はあまり来ない。

神殿通いが必要な患者さんたちの多くは他の聖女に宛《あ》てがわれる。お姉様に会いたい貴族たちはたいして悪くなくても大金を積んでやって来る。それに神官長は味をしめているのだ。

王太子殿下の政策で一般市民も安価で聖女に診てもらえるようになったけど、神殿のそういったお金主義がしわ寄せになり、本当に診てもらいたい人たちが苦しんでいる。

（ああ、私に聖女の力があれば良かったのに）

ギュッとお仕着せの胸元を掴んで私は俯いた。

「それで……ミラーのようにお前の薬で何とかならないか？」

マテオは縋《すが》るような瞳《ひとみ》で私を見た。

私のことなんて嫌いだろうに、悪評のある私に縋らなきゃいけないほど切迫しているのだ。でもそれは、それだけマテオが妹さんを大事にしているということだ。

（いいなあ、妹さん。お兄さんにこんなに思われて）

私はマテオに笑顔を作ると立ち上がった。

「私に任せて！　できることをやってみる！　とりあえず、妹さんに会わせてくれる？」

私の言葉にマテオの顔が安堵《あんど》で緩んだ。

「お前って、誰にでもそうなわけ？」

握りこぶしを作り、気合いを入れた私にマテオが言った。

「へ⁇」

何のことかと彼を見れば、いつも意地悪い顔だったマテオは優しい眼差しを浮かべていた。

「いや、何でもない、ありがとう」

「ええええ⁉」

「なんだよ⁉」

マテオの素直なお礼につい驚いてしまう。

「いや、マテオって私のこと良く思ってないかと……」

「ああ……」

マテオは私を見上げ、ガシガシと頭をかいた。

「その……悪かったよ。噂だけでお前を悪く言ってよ……」

「あ、そうだ！　ユーゴにちゃんと謝ってね⁉」

「お前、今になって賭けのこと思い出したろ？」

マテオはブハッと笑い出した。

マテオの言う通り、私は賭けのことをすっかり忘れていた。

「だって、そんなに疲弊して……どうしたのかと思うじゃない！　妹さんのことも……大変な思いをしていたんだなって……ちょっと⁉」

心配したのに、いまだ笑い続けるマテオに私は抗議するように前のめりになった。

「悪い、悪い……。ユーゴにもちゃんと謝るよ」

笑うのをやめたマテオはまだおかしそうにしていたけど、私に向き直ると真剣な表情になった。

「レナ」

（わ……、名前……）

お前とか悪女とかだったマテオが、私の名前を呼んだ。

「レナ……お前はこんな俺でも救ってくれるんだな」

「え？」

小さな呟《つぶや》きが聞き取れず、椅子に座るマテオに前かがみになって顔を近付けた。するとマテオの手が私の髪まで伸びて、触れそうになった。

「コホン……」

低い咳払いにその手がピタリと止まり、固まった。

入口を振り返れば、怖い顔をしたエリアス様が立っていた。

「レナ、俺の仕事を手伝って欲しい」

「は、はい！」

エリアス様は部屋の中に入ると私の手を取り、その場から連れ出した。

マテオはポカンと私たちを見送っていた。

途中何度か声をかけたけど、エリアス様が振り返ることはなく、気付けば彼の執務室へ連れて来られていた。

中へ入るも、エリアス様は手を握ったまま立ち止まり、こちらを見ない。

「あの、エリアス様……？　仕事のお手伝いとは……」

そこまで言ってハッとした。

（まさか、呪いで体調が思わしくないとか!?）

あの場ではそう言うしかないし、執務室までやって来たとはそういうことだろう。エリアス様は辛《つら》いのか、何も答えない。

「待っててください、エリアス様!!　今すぐ薬を持って来ます！」

急いで自室に戻ろうと両開きの扉の片側に手をかけたところで、エリアス様に後ろから囲われる。

「待て、大丈夫だ」

「え？」

きょとんと顔を向ければ、エリアス様は扉に頭を押し付けた。

（ち、近いです!!）

後ろから抱きしめられているようでドキドキしてしまう。

「あの、やっぱり具合が……？」

恐る恐る横顔を見れば、エリアス様が口を開く。

「マテオと何を話していたんだ？」

「何とは……」

マテオの事情をエリアス様も知っているのだろうかと逡巡《しゅんじゅん》していると、凛々《りり》しい顔が間近に迫った。

「親密そうに……俺に隠し事か？」

「エ、エリアス様の秘密は厳守しています!! マテオとは和解できて、それで彼の妹さんが……！」

エリアス様の顔が近すぎて、私の顔はとても赤いに違いない。彼から顔を背けて必死に言葉を絞った。

「妹？」

エリアス様の顔が少しだけ遠のき、安堵する。

「マテオは妹さんが病気で神殿通いをしていたんです。だから魔力が疲弊していて……」

「それで？」

問いただすようにエリアス様は私の身体を正面に向けさせた。私は顔を見られないまま答える。

「妹さんの病気を私が治してあげられないかと……」

そう言うとエリアス様から溜息が漏れた。

「ご、傲慢《ごうまん》な考えなのはわかっています！　聖女じゃないのに私なんかがって……。でも、私に力になれることがあるなら、助けになりたいんです！　もちろん、エリアス様のことも怠りません!!」

一息に言い終わると、エリアス様の顔をちらりと窺った。

彼は俯かせた顔をこちらに向け、優しい顔でふわりと笑った。

「まったく、君は……」

その笑顔が私を肯定してくれるとわかったが、確かめるように聞く。

「マテオの力になってあげてもいいでしょうか？」

「ああ」

エリアス様は頷《うなず》いたが、その顔からは笑顔が消えていた。

「ただし、レナの最優先事項は俺だ」

「それは……当然です」

改まって業務命令かのように言うので、目を瞬《またた》いた。

「本当にわかっているか？」

真剣な瞳のエリアス様の顔が私を覗《のぞ》き込む。

（だから近いです!!）

まるでキスされるような体勢に、私の身は固くなる。

ドアとエリアス様に挟まれた私は、文字通り動けない。

彼の手が私の頬《ほお》に添えられ、金色の瞳には熱さえ感じられた。

(エリアス様？)

「エリアスー、この書類だけどー」

私が縫い留められていたのと対《つい》の扉が、アクセル殿下の陽気な声とともに開いた。

「あれ、邪魔したかな？」

「お、まえ……わざとだろう……」

私を縫い留めたまま、顔をアクセル殿下に向けるエリアス様の声が怒りで震えていた。

私はというと、何が起こったのか理解できず頭から湯気を上げて固まっていた。


「ああ、マテオね。彼も苦労人だよねー」

改めてソファーに座るアクセル殿下とエリアス様にお茶を出すと、私は殿下にマテオとのやり取りを説明した。

殿下はやっぱりマテオの事情を知っていたようだった。

「それなら早く私に言ってくだされば……」

「言ってどうなるの？　君は私に言われた人を片っ端から視ていくわけ？」

「おい！」

殿下の厳しい言葉にエリアス様から制止が入るが、殿下は気にせず続けた。

「そんなことをして君の能力が漏れてごらんよ？　シクス伯爵令息に利用されるだけじゃ済まないかもよ？」

「でも……私は目の前で困っている人がいたら、助けたいです」

「君が命を落とすことになっても？」

「！」

殿下の言葉に私は唇を結んだ。

私の能力があればどんな病や怪我だっていざとなれば吸い取って治せる。でも直接吸い取れば、何が私の命を奪うかわからない諸《もろ》刃《は》の剣《つるぎ》でもある。今までは運良く命までは落とさなかっただけだ。

深刻な顔になった私に、殿下はふう、と優しい表情になる。

「そんなんじゃレナ嬢の命がいくつあっても足りないでしょ。エリアスには無理をするな、なんて説教しておいて」

「あ……」

アクセル殿下は私のことを第一に考えてくださっていたのだとわかり申し訳なくなった。

「レナ、君は人のことになると周りが見えなくなりすぎる」

「すみません……」

隣に座るエリアス様が距離を詰め、私に言い聞かせる。

「俺は、君自身も大切にして欲しいと思う。これまでは虐《しいた》げられてきたかもしれないが、ここにはユーゴをはじめ、君を大切に思っている奴ばかりだ。もちろん俺も含めて」

「エリアス様……」

エリアス様の優しい言葉にジーンとしながらも、近いその距離に、私は頬を押さえて赤くなった。

そんな私を見たアクセル殿下がとんでもないことを言った。

「ねー、君たちついに付き合い始めたの？」

「は!?」

私は目を剥《む》いて殿下を見る。

「あ、なんだ、まだか。でもさ、君たちの距離感がさ――」

「わ、私はエリアス様のただのお茶汲み係ですから!!」

さらにからかおうとする殿下を遮って、思わず叫んだ。

「え、何それ。メイドでしょ？　お茶汲み係ってどういうこと？」

「あの……その、だって……」

ふざけていた殿下に真面目に返されて言葉に詰まってしまう。

エリアス様はその場にいたけど、私は改めてマテオから聞いたその噂を殿下に説明した。

「はーん、シクス伯爵令息の仕業だねえ」

「メイソン様が？」

私の説明を聞いたアクセル殿下はソファーの背もたれに倒れ込むと、最近の彼の動きについて教えてくれた。

「シクス伯爵令息――メイソンだっけ。レナ嬢を取り戻そうと躍起になっているらしい。レナ嬢の悪評を流しているのはあいつだし、広まってはいるんだけど、同時にレナ嬢は本当にメイソンの愛人なのかと疑問視されてもいるよ」

「え!?」

　思わぬ流れに私は驚いた。

「だってさあ、レナ嬢は今騎士団にいてメイソンとは離れているでしょう？　取り戻そうと躍起になっているのはアイツのほうだよ。レナ嬢が本当に悪女で姉から婚約者を奪おうとしているなら、アイツの元に戻るでしょ」

「たしかに……」

　殿下の説明に感心していると、エリアス様が口を挟んだ。

「お前がまいたんだろ……」

「あ、わかった？　まあ、わざとメイソンを焦《じ》らせて弄んでいるっていうメイソン擁護派もいて、進捗は半々かな？」

　アクセル殿下はケロッと言った。

　殿下が私の悪評を変えようと手を回してくれたらしい。

「殿下、ありがとうございます……！」

　私は感動してお礼を言った。

「レナ嬢には騎士たちが世話になっているし、君も大切な騎士団の仲間だからね」

私の謝辞に殿下はパチンとウインクをする。

「そうだぞレナ。だからお礼を言う必要はない」

「あー、ひっどい、エリアス！」

騎士団員として私のことも大切に扱ってくれるお二人に胸が熱くなって、私は彼らのためにもっと役に立ちたいと強く思った。


「レナお姉様ー！」

「いらっしゃい、エマちゃん！」

青い髪のお人形のように可愛い女の子が、私めがけて走ってくる。

「待て、エマ、あんまり走るな」

その後ろを慌ててマテオが追いかけてきた。

私の腕の中に飛び込んで来たエマちゃんは、小さなその身体でぎゅーっと私を抱きしめている。

(か、可愛い!!　マテオの妹とは思えない！)

私は失礼なことを思いながらも、目の前の天使にメロメロだ。

「じゃあ、頼むわ」

「はーい、いってらっしゃい！」

「お兄様、いってらっしゃーい！」

マテオは私にエマちゃんを預けると、訓練場へと向かって行った。私たちはそんな彼を見送る。

エマちゃんを助けたいという私の願いを叶《かな》える形で、アクセル殿下は騎士団に同行させることを許可してくれた。

『レナ嬢を外に出すわけにはいかないしね？』

そう言って各方面に手回ししてくれたアクセル殿下には本当に感謝しかない。マテオも騎士団にエマちゃんを連れて来ればいいだけなので、遅刻もしなくなった。

「さてエマちゃん、今日もお身体見せてくれる？」

「うん！」

目の前の天使は私に元気よく返事をすると、ぎゅっと手を握ってきた。

そんな可愛いエマちゃんを連れて医務室に入り、私は彼女の身体を視た。

「うんうん、お薬ちゃんと飲めているみたいだね？　偉いよ」

「えへへ」

エマちゃんの頭を撫《な》でると、可愛い笑顔で返してくれた。

マテオが最初にエマちゃんを連れて来たとき、彼女は聖女の治《ち》癒《ゆ》で命を取り留めてはいたものの、体内に流れる魔力がかなり弱っていた。

彼女の病気は複雑なようで、喉や肺、身体の至るところで魔力が停滞していた。マテオが薬じゃどうにもならないと言っていた理由がわかった。

一つの薬じゃエマちゃんの病気には効かない。私は胸の塗り薬と、魔力に合った飲み薬を何種類か出した。すると翌日、エマちゃんは顕著に良くなっているのが視えた。

『神殿に通っても顔色が良くなることはなかったのに……！』

マテオはかなり驚いていたが、すごく感謝もしてくれた。

それからエマちゃんは毎日私の元へと通っている。ここ数日だけでもかなり調子が良くなっている。

良かったとニコニコ顔でエマちゃんを見ると、あどけない顔で彼女が言った。

「ねえ、レナお姉様はお兄様のお嫁さんにならないの？」

「え!?」

天使のとんでもない発言に飛び上がる。

「ならないですから！」

ユーゴの声に気づいて振り返ると、ミラーと一緒に医務室の入口に立っていた。

「二人ともどうしたの？」

「レナさんをお迎えに来たんですよ」

「アシル指南役もお待ちです」

「え？　もうそんな時間？」

ユーゴに続いたミラーの言葉で慌てる。

そう、あれからユーゴのいきなりの上達ぶりに驚いた騎士たちは、彼を問《と》いただした。そしてその理由を知ったのだった。

ずるい、俺も！　という声が騎士たち全員から上がり、正式に騎士団からアシル様に指南役をお願いすることになった。

アシル様からは「レナ嬢が補佐役で付いてくれるなら」と条件付きで了承を得た。

アクセル殿下からも懇願され、私は二つ返事で了承した。なぜかエリアス様は諦めたような、面白くなさそうな顔をしていたけれど。

（師匠がみんなに取られるみたいで嫌なのかな？）

「レナさんには、備品管理のお手伝いもしてもらっているのにすみません」

「謝らないで！　ユーゴだって選抜されたのに、いまだにやっているでしょ？」

申し訳なさそうなユーゴに返す。

騎士団のエースを倒したユーゴは自信をつけたけど、彼自身は変わらない。優しくて可愛い弟のままだ。

「ふ、敵にあらずね」

私たちのやり取りを見て、エマちゃんが何か難しい言葉を言っている。可愛い。

「何だとぉ!?」

「おい、子供相手にムキになるなよ、ユーゴ」

エマちゃんの言葉になぜか怒るユーゴとそれを止めるミラー。この微笑ましい光景も日常になりつつある。

「私と一緒に行こー」

天使が私の手を取って引っ張るので、私の頬も思わず緩む。

「うん、行こうかー」

歩き出した横でエマちゃんは振り返ってユーゴにあっかんべーをしていたが、私は気づかない。

「強敵現るだな、ユーゴ」

「くそー、妹を使うなんてずるいです、マテオさん！！」

ユーゴとミラーが後ろで何か言っている。

（平和だなあ）

活気づく騎士団に私はほんわかとしていた。それが嵐の前触れだとは気づかずに。

「おい、レナ」

「あれ、マテオ」

「あ、お兄様～！」

訓練場の近くまで来ると、マテオが逆方向からやって来た。

「先に行ったんじゃなかったの？」

「いや、お前に客」

飛びついたエマちゃんを抱っこしながら、マテオが騎士団塔の入口を親指で指し示す。

「お客さん？」

（私なんかに誰だろう？）

私はマテオの案内で入口に向かった。

「レナさん、訓練までまだ時間もあるし、俺も一緒に行きます！」

ユーゴも心配して付いて来てくれた。ミラーはエマちゃんを訓練場に一足先に届けると言ってくれてその場で別れた。

「騎士団内だから大丈夫なのに」

ユーゴと話しながら歩いているうちに入口までたどり着いた。

「ずいぶんと楽しそうにしているのね、レナ」

その声を聞いた瞬間、笑顔だった私は一気に青ざめた。

「カミラ、お姉様……」

そこにいたのは、綺麗《きれい》な紫色の髪をかきあげ、妖《あや》しく微笑む姉だった。

(何で？　何でここに？)

そんな思いが駆け巡り、思考が停止する。

「レナ、お前、家族に心配をかけるのは良くないぞ？」

「え……？」

向かい合う姉の横に立ったマテオが信じられない言葉を発し、私は固まる。

「レ、レナさんに何のご用ですか!?」

尋常じゃない私の様子を感じ取ったユーゴが、庇《かば》うように前に出てくれた。

「まあ！　私はただ、妹と騎士団の皆さんが心配で様子を見に来ただけなのに」

「どうして……」

姉やメイソン様は騎士団に近付けないよう、アクセル殿下が手を回してくださっていたはず。

「この優しい騎士様が取りなしてくださったのよ」

「!?」

姉がマテオとの距離を詰めると、彼の腕を撫でるように寄り添う。

「妹思いの素敵な方じゃないか。さすが大聖女候補様」

うっとりとした表情で姉を見つめるマテオは、いつも見ていた男の人の表情だった。

足から崩れ落ちそうな感覚に襲われる。

「さあ、レナ、一緒に帰りましょう？　いつまでもご迷惑をおかけしてはダメよ？　あなた、今何て噂されているのか知っているの？」

優しい姉の仮面をつけたまま、私の顔に手を伸ばす。

（その噂だってメイソン様とお姉様が流しているくせに……！）

その手が触れようとした瞬間、私はギュッと拳を握りしめ姉をしっかりと見据える。

「私は、帰りません」

「な――」

「私の居場所はここです」

エリアス様の、騎士団の役に少しでも立っていられるなら、私はここで役目を全うする。エリアス様もアクセル殿下も、チェルニー男爵領の薬事業を守ってくれると約束してくれた。

（もう二人に搾取なんてされない！）

強い気持ちで姉に宣言した。

姉は笑顔で手を伸ばしたまま、口を歪《ゆが》ませた。

「レナ、カミラ様を困らせるな、何でそんなことを言うんだ？」

「マテオ!?」

私たちの間にマテオが割って入った。姉はその後ろでにんまりと笑みを作った。

「マテオさん、俺たちが口を挟むことじゃ……」

「うるさい、ユーゴは黙ってろ」

ユーゴが私を庇ってくれようとしたが、マテオから強く制される。

（何で？　マテオ、どうしてお姉様にそんなに肩入れするの？）

マテオとはようやくわかり合えたと思っていたのに。

「レナ!!」

悲しい気持ちでマテオと彼に寄り添う姉を見つめていると、ミラーから話を聞いたのかエリアス様が急いで走って来た。

「エリアス様……」

エリアス様が来てくれたことに安堵し、泣きそうになる。

「お前、どうやってこの騎士団に立ち入った」

私を背中に隠すとエリアス様は姉を見やる。

「まあ、怖い。私は妹が心配だと、神殿に足繁《あししげ》く通っていた騎士様に相談しただけですわ」

なるほど。姉は神殿に通っていたマテオに目をつけ、取り込んだらしい。きっとメイソン様の入れ知恵だろう。

「お前は病で伏せっていて、神殿を休んでいたのではなかったか？」

エリアス様の言葉に姉は待っていましたとばかりに、高らかに叫んだ。

「そうですわ！　私はそこにいる妹に力を奪われ、本来の聖魔法を発揮できなくなってしまったんですもの！」

「な――!?」

姉の信じられない言葉に私は絶句した。

「妹は、人の魔力を奪うおぞましい力を持っています！　そんな妹から目を離さないよう、私が管理しておりました。それなのに、妹は私から力を奪うと逃げ出し、あろうことか副団長様に取り入って……。きっと私にしたように、騎士団の力を削《そ》ごうとしているのですわ！」

「黙れ！　レナはそんな人間ではない！」

「そ、そうですよ！」

歌うように語る姉の言葉に、エリアス様とユーゴが否定をしてくれる。そんな二人の言葉に重くなっていた心がふっと軽くなる。

「あらいやだわ。大聖女候補の私と、悪女と噂の妹、皆さんはどちらを信じると思います？」

「何を――」

姉がくすりと笑い私たちの後ろを指差すと、いつの間にかそこにはミラーを先頭に、アシル様、騎士団の団員たちが集まっていた。この騒ぎに何事かと駆けつけて来たようだった。

みんな表情を曇らせてこちらを見ていた。

（あ……またなの？　またみんな、お姉様に心を持っていかれるの？）

諦めと悲しみが胸の中に渦巻きかけたそのとき——

「そりゃ、レナさんでしょ」

最初に言葉を発したのはミラーだった。

「は？」

姉の顔が固まる。

「だって、レナさんが俺たちのためにやってきてくれたことは、見てきたから知っている。その点、あなたは突然来て、レナさんを貶《おとし》めて。何がしたいんですか？　そんな人の言うことは信用できない」

「ミラー……」

きっぱりと姉に告げたミラーを見ると、彼は優しい笑顔で親指を掲げた。すると、ミラーの後ろにいた騎士たちからも「そうだそうだ！」と声があがる。

「な!!　皆様、この妹に騙《だま》されているのですわ！　妹は悪女ですのよ!?」

みんなの私を擁護する声に驚いていると、エリアス様が私の肩を抱き、隣に並ばせた。彼を見上げると、力強く頷いている。そして姉に顔を向けると堂々と主張した。

「悪女はお前だろう。レナを悪女だと信じる者はここにはいない」

「な、な……!?」

それを聞いた姉の顔が悔しそうに歪むと、ギリっと唇を噛みしめた。

「お引き取り願え！」

エリアス様の指示で姉は騎士たちに囲まれると、騎士団を追い出されていった。

「せっかく悪女から助けてあげようと思いましたのに!!　この大聖女候補の私を蔑《ないがし》ろにした罪、覚えてなさいよ!!」

途中そんなことを叫んでいたが、エリアス様は溜息混じりに一蹴した。

「まるで悪役の捨て台詞《ゼリフ》だな」

「ぷっ、そ、そうですね」

エリアス様の言葉にユーゴが吹き出す。他の騎士団員たちも釣られて笑い出した。その温かさに包まれ、私は泣きそうなのを我慢してみんなに向かって頭を下げた。

「みんな、私のことを信じてくれてありがとうございます！」

するとアシル様が私に歩み寄り、肩に手を置いて言った。

「君は、昔も今も騎士団のために一生懸命だ。その誠意は皆に伝わっている」

「アシル様……」

顔を上げると、アシル様は優しい表情をしていた。

「そうですよレナさん、いつもありがとうございます！」

「そうだレナさん、俺の剣の調子を視てくださいよ」

「あ、ずるいぞ、俺も！」

優しい騎士団のみんなにあっという間に囲まれた私は、いつものようにアドバイスを求められる。

それが嬉しくてエリアス様を見ると、彼もやれやれといった表情で苦笑いを返した。

「はい。訓練場に移動してから視ます！」

はーい、という大きな返事とともに私は歩き出した。

「はは、エリアス、ライバル増えてるね」

「何だ、いたのか」

「ちょっと、ね」

いつの間にか現れたアクセル殿下がエリアス様の肩に腕を置いて何やら話していたが、私は騎士たちに連れられて、あっという間に二人とは距離ができてしまっていた。

私はみんなから信頼を得た嬉しさで、マテオのことをすっかり忘れていた。彼の様子はおかしいままだったのに――

「レナのおかげで全員、力の底上げができている。これなら五日後の討伐に万全の態勢で臨めるな」

あれからエリアス様も訓練に合流し、その様子を見守りながら言った。

確かに私が全員の魔力の流れを視るようになって、アシル様の指導も加わって、全体の力が上がっている。

「例の森に行くんですよね？」

二年前、最大規模の魔物討伐だと言われた場所だ。グリフォン討伐は成功したものの、多くの怪我人を出し、アシル様が引退するきっかけになった。

「心配するな、今の騎士団なら大丈夫だ」

不安が顔に出ていたのだろう。エリアス様は私に微笑むと、頭を撫でてくれた。

「じゃあ、私が一緒に行っても良いですよね？」

「レナ!?」

私の言葉にエリアス様の表情が険しくなる。

「聖女だって同行するのだから、私が一緒に行っても良いはずです！」

「危険だからダメだ！」

一緒に連れて行って欲しい私の懇願を、エリアス様は一蹴する。でも私だって引き下がれない。

「だからです！　二年前、アシル様は呪いを受けていました。恐らく、グリフォンからです。いくら回復したからって、エリアス様の呪いだってどうなるか……」

私の薬でエリアス様の呪いは順調に消滅しつつある。この厄介な呪いは身体に棲《す》み着き、しぶとく居座る。エリアス様の呪いが消えるまであと少しなのに、あの森の討伐なんて心配に決まっている。

「エリアス様に何かあっても私なら対処できます！」

自分を売り込むようにエリアス様に前のめりになる。

エリアス様を助けたい。恩返しをしたい！

まだまだエリアス様の役に立ちたい！

（違う、私はただエリアス様の側にいたいだけなんだ。残り少ない時間を離れていたくない！　何かあったとき、助けるのは私でありたい！）

「レナ、わかったから……」

ぐっと見つめた私の顔にエリアス様が手を添え、困ったように微笑んだ。

「絶対に役に立ってみせます。騎士団のみんなを守るために」

困るエリアス様に私はもう一押しする。

「わかった」

エリアス様は覚悟を決めた顔で言った。

「確かにレナが来てくれたら助かる」

「エリアス様！」

「ただし、後方部隊にいて、そこから動かないこと！　約束してくれ」

お許しが出て顔を輝かせた私に、彼が釘《くぎ》を刺す。

「エリアス様も絶対に無事に帰って来てくださいね？」

――私の元に。私がエリアス様の側を離れるときは、笑い合ってがいい。そう心の中で願った。

「約束する。俺も含め、全員で無事に帰ると」

嬉しくてはにかんだ私の頬をエリアス様が撫でて言った。

「レナ、魔物討伐が終わったら、また一緒に出かけないか？」

「え？」

「そのときは、俺が贈ったドレスを着て欲しい」

「エリアス様……」

ドキドキしてエリアス様を見つめれば、彼の顔はほんのり赤くなっていた。

「約束だぞ」

ざわざわと訓練場が騒がしくなり、みんなが休憩に入ったのだと気づくと、私は慌ててエリアス様から離れた。

「あ、みんなにお水を持って来ますね！」

煩《うるさ》い心臓の音をエリアス様に聞かれないよう、私は理由をつけて逃げ出してしまった。


「ねえ、私が言ったこと覚えてる？」

レナが去ってすぐ、アクセルが呆《あき》れ気味にエリアスに言った。

「何の話だ？」

「好きでもない女の子の頬を撫でるもんじゃないって」

「頭じゃなかったか？」

「なんだ、覚えてるじゃないか」

眉をひそめるエリアスにアクセルはあっけらかんと言った。

「じゃあ、認めるんだ？」

アクセルの問いにエリアスは黙った。

「そりゃアピールしろとは言ったけどさあ、訓練中なんですけど？　あ、わざと？　皆を牽制するためにわざとやってるの？」

「そんなわけあるか！」

「副団長、ちょいちょい牽制してるよな」

「副団長も男なんだな」

「冷徹無慈悲の男をあんなふうにさせたレナさん、すげえ」

二人を遠巻きに見る騎士たちの間ではそんなことが囁《ささや》かれていた。


(もー、期待しすぎちゃダメなのに!!)

赤い顔を押さえながら訓練場を出ると、入口から入って来るマテオを見かけた。

(あれ、マテオ、訓練に参加していたんじゃないの？)

そういえば見かけなかったなと思いつつ、エマちゃんもいつの間にか帰っていた。

さっきのことがあってマテオには声をかけづらく、私は水を用意するついでに薬をチェックするべく、医務室へと足を向けた。


「うーん、魔物討伐に行くならあれとあれも必要か……」

医務室で必要な薬をメモすると、私は自室に向かった。

自室の調合室にはエリアス様の薬の他に、騎士団で必要そうな薬を作製し、保管していた。討伐中にエリアス様が薬をすぐ飲めるように持って行こうと、ここに来たときの鞄《かばん》に瓶を詰め込む。

他に必要な薬を別のかごに詰め込み終わると、ふとクローゼットに目がいった。

『魔物討伐が終わったら、また一緒に出かけないか？』

エリアス様の言葉が蘇《よみがえ》る。

ふわふわとした気持ちで私はそっとクローゼットを開けた。その約束が嬉しくて、エリアス様が贈ってくれたドレスを見たくなった。

「え――」

クローゼットを開けた私は驚きで目を見開いた。

そこにあるはずのドレスが無い。

「確かにここに仕舞ったのに!!」

ここに来たときのワンピース、アクセル殿下に用意してもらったピンクのドレス、メイドのお仕着せ、それらが並ぶハンガーをかき分け、必死にクローゼット内を見渡す。

「無い……」

呆然とクローゼットの前に立ち尽くす。

（この部屋に出入りするのは私だけ……鍵だってかかっていたのに……）

盗まれたということが頭をよぎったが、ここは騎士団内だ。ありえない。ましてや騎士にそんなことをする人はいない。

私はとりあえず薬を持って部屋を出た。フラフラとした足取りとぼんやりとした頭で医務室へとたどり着く。

「レナ嬢」

医務室に入ると、アクセル殿下が椅子に座って待っていた。

その声に思わずびくりと身体を揺らしてしまった。

「殿下!?　どこかお怪我でも？」

「いやいや、レナ嬢の帰りが遅いから様子を見に来たんだ」

「え……」

慌てて殿下に駆け寄り彼の身体を見渡すも、元気そうに返事が返ってきた。

「本当はエリアスが行くって言ったんだけど、その役目、団長権限で奪って来ちゃった」

パチンとウインクしてみせた殿下に、思わずホッとした笑みが溢《こぼ》れる。

「レナ嬢、何かあった？」

するどい殿下は私の表情から察し、言い逃れできないように至近距離で問い詰めてきた。

「あ、あの……実は……」

私は誤魔化《ごまか》すこともできず、ドレスが無くなったことを説明した。

「ふうん、なるほどねえ」

私の話を聞いて殿下はなぜかニヤリとしている。

「ねえレナ嬢？　この件に関しては、私に任せてくれる？」

「えっ」

殿下は表情を崩さずに言った。

「それにレナ嬢もエリアスにこのこと知られたくないよねえ？」

確かにエリアス様からもらったドレスが無くなったなんて言えない。しかも魔物討伐前の彼に余計な心配をかけたくない。

「私に任せてくれたら、きっと上手《うま》くいくよ？」

殿下は自信たっぷりに微笑む。

彼ならきっと何とかしてしまえるのかもしれない。そう思った私は、殿下の申し出に甘えることにした。

「はい。アクセル殿下、どうかよろしくお願いいたします」

「うんうん、任せといて」

私が深く頭を下げると、殿下は嬉しそうに笑った。

第五章　魔物討伐

五日後、王都から騎士団が魔物討伐のために出発した。

私は後方部隊の人たちと馬車に乗り込んで森まで移動した。

二年前のことを踏まえると、聖女も多く同行するべきなのに、神殿から派遣されたのはわずかな人数だった。

「今の騎士団なら負傷者を出さずに行けるかもね」

「油断はするなよ」

出発前、いつも通り明るく軽口を叩《たた》く殿下にエリアス様が釘《くぎ》を刺していた。

先陣を切る選抜隊にはユーゴやミラー、そしてマテオがいる。

あれからエマちゃんは私の元へ来なくなり、マテオとも顔を合わせなくなっていた。

マテオは騎士団の訓練にはきちんと顔を出していて、私だけを避けているようだ。

（マテオとはせっかく仲良くなれたと思ったのにな）

いとも容易《たやす》く崩れてしまった信頼関係に悲しくなる。

（薬、多めに渡しておいたけど、エマちゃん元気かなあ？）

天使のような笑顔にも会えなくなってしまい寂しい。それに彼女の病気が心配だった。回復してきていたとはいえ何が起こるかわからない。完治するまで見届けたかった。

「着きましたよ」

考えているうちに、馬車は森の入口に着いた。

馬車停めになる広場は、二年前エリアス様と出会った場所でもある。

馬車を降りて、変わらない風景に懐かしさを覚える。

先に到着していたアクセル殿下とエリアス様が、奥に張られたテントの前で地図を広げながら何やら話していた。

ここを拠点として後方部隊はここに残る者と、選抜隊に付いて行く者たちに分かれる。もちろん、私は付いていくほうだ。

「レナ」

アクセル殿下と話し終えたエリアス様が私を見つけてやって来た。

「ここからは危険な戦いになる。くれぐれも前には出るなよ？」

「……はい」

彼の緊迫した空気に息を呑《の》んだ。

「全部薬か？」

私は動きやすいワンピース姿で、斜め掛けの鞄《かばん》とリュックを背負っていた。指差したエリアス様に頷《うなず》いて答える。

「はい。二年前、私は薬師《くすし》としては何もできませんでした。今度はちゃんと役目を果たします」

二年前、私は姉の付き添いというだけで薬を持参しておらず、アシル様を助けることだけで精一杯で、結局みんなを置いて逃げ帰ったのだ。

「……二年前、戦場が混乱して聖女たちを先に逃がしたのは騎士団の判断だ。レナが気に病むことじゃない」

「アシル様の呪い、ですか？」

騎士団が崩れ、混乱に陥ったのはその場にいたからわかる。

「……違う。二年前、一人の騎士が大怪我《けが》をした。幸い一命は取り留めたが、その怪我が原因で退団に追い込まれた」

エリアス様の額に皺《しわ》が寄る。

「その騎士は、俺が任された隊の者だった」

「…………」

エリアス様はその騎士のことで、ずっと自分を責めていたのだろうか。

「グリフォンは巨大な上に強い。それが複数襲ってくるのだから、連携は必須だ。昔の俺は自分さえ強ければどうとでもなると傲慢《ごうまん》な考えで戦っていた」

「でも、今は違いますよね？　エリアス様は選抜戦で騎士の強さを見るだけじゃなくて、みんなの相性や配置を考えていたんですよね」

選抜戦の後、エリアス様が騎士たちのことがびっしりと書かれた書類とにらめっこしていたのを、私は毎日見ていた。エリアス様が驚きの表情を私に向ける。

「エリアス様が鍛えてきた騎士団を信じています。きっと……無事に帰れます……あれ？」

エリアス様を励ますつもりが、今になって自分の手が震えていることに気づいた。これでは説得力がない。必死に止めようと合わせた手にエリアス様が上から自身の手を被《かぶ》せた。

「俺は皆の命を預かる副団長だからな。全員、無事に生きて帰す。レナも、俺もだ。約束しただろう？」

私を安心させるために努めて優しく話す彼の声に震えが収まった。


準備が整うと、一行は森の中へと足を進めた。

先頭を歩く選抜隊がグリフォンに遭遇して戦闘になっていると、後方にいる私たちの元にも情報が下りてきた。

今のところ怪我人が後方へ送られて来ることもなく、一体目のグリフォンが倒されたぞ、という歓声が前方から伝言のようにやってきていた。

(凄《すご》いよ、みんな!!)

アシル様も騎士たちみんな強くなったと言っていた。全員の底上げもそうだけど、ユーゴが力を開花させたのも大きいらしい。

一人の大きな力は皆の力になる。

私はエリアス様とみんなの無事をひたすら願いながら、後方部隊の騎士たちと森の中を進んで行った。

順調だと思われた魔物討伐の事態が一変したのは、かなり奥まで進んだときだった。

前方でけたたましい鳴き声が轟《とどろ》き、緊迫した空気が後方部隊にも流れる。選抜隊が苦戦しているらしいと情報が回って来ると同時に負傷者も運び込まれるようになった。

私たちはその場に荷を下ろし、負傷者の手当てにあたった。私が魔力の流れを視《み》て、薬で対応するか聖女に回すかを判断する。重傷者はここで応急処置をした後、馬車停めまで送られる手筈《てはず》になっている。

（みんなら大丈夫だよね……）

前方がどうなっているのか知りたいのに、負傷者が次々に運び込まれ、それどころではなかった。

殺伐とした現場に辺りを見回す。

（何が起こっているの？）

一緒に付いてきた聖女にも力の限界がある。実際、肩で息をし、顔は青ざめている。

私は覚悟を決めると聖女たちに近付き、肩に触れた。

「レナさん？　何を――……!?　これは……」

青ざめた彼女たちの顔に赤みが差していく。

「くっ……う……」

久しぶりに濁った聖魔力を吸い出し、身体《からだ》に痛みが走る。私はその場に膝をついてうずくまった。

「レナさん!?　大丈夫ですか？」

聖女の一人が心配して駆け寄ってくれた。

「だい、じょうぶです」

滴《したた》り落ちてくる汗を拭いながら、私は笑顔を作ってみせる。

「これは……もしかして私たちの聖魔力をレナさんが浄化してくださったのですか？」

「……はい。私は聖魔法を使えませんので、このくらいのことしかできません……どうか怪我人の治《ち》癒《ゆ》をよろしくお願いいたします」

「もう、無茶をして！」

聖女は私をぎゅうと抱きしめた。すると、身体が少し軽くなった。思わず彼女を見る。

「少しだけ力を使ったの。あとは騎士団のために使うわね」

穏やかな笑顔でそう言ってくれた彼女は、女神様のようだった。

「私、ソフィアよ。よろしくね」

「ソフィアさん……」

その女神のような聖女は金色の緩やかな美しい髪で、慈愛に満ちた優しい蜂蜜色の瞳《ひとみ》をこちらに向けていた。

「悪女で有名なカミラの妹が副団長のメイドになったと聞いて、どんな子かと思っていたけど……ふふ、噂《うわさ》は噂ね」

ソフィアさんは屈託のない笑顔で言った。

「見ていてもあなたは悪女なんかじゃないわ。一緒に騎士団を支えましょう！」

「はい！」

ソフィアさんの手を取り、立ち上がった私は、元気よく返事をした。

幸いにも命に関わるような怪我人はおらず、動ける者は前線に戻って行った。怪我人が途絶える様子はなく、相当苦戦を強《し》いられているようだ。消耗戦になりそうな気配に、私たちが先に倒れるわけにはいかない。私は気合いを入れ直した。

「後方部隊は撤退しろ!!」

再び治療にあたっていると、前線から息を切らしてミラーが駆け込んで来た。

「ミラー、何があったの!?」

「レナさん！」

急いでミラーに駆け寄ると、彼もあちこちに擦り傷を作っていた。私は急いで薬を塗る。

「レナさん、落ち着いて聞いてください……」

大人《おとな》しく薬を塗られながら、ミラーが息を整える。

「副団長の様子が急におかしくなりました」

「え……？」

ミラーの報告に目の前が暗くなる。

「この奥で遭遇したグリフォンとの戦闘中、怪我を負ったわけじゃないのに、急に苦しそうにしだして……」

呪いだ、と瞬時に思った。肩に掛かる鞄の紐《ひも》をぎゅっと握りしめる。

「一時隊列は崩れましたが、団長のおかげで持ち直しました」

「それでエリアス様は……」

頭が真っ白になり、思わずミラーにしがみついた。

「苦しみだした後、副団長は倒れかけましたが、後方に下がるのを拒否し、自ら前に出ていまだにグリフォンに応戦しています」

「――――!!」

「レナさん!?」

「レナさん、ダメよそっちは!!　危ないわ!」

ソフィアさんの止める声がしたけど、私は振り返ることなく無我夢中でエリアス様の元に向かった。考えるより先に走り出していた。

『俺は皆の命を預かる副団長だからな。全員、無事に生きて帰す。レナも、俺もだ』

数時間前かわした言葉を確かめるように頭の中で反芻《はんすう》する。

(エリアス様、生きて帰るって約束したのに!!)

エリアス様の金色の瞳が優しく細められるのが好きだ。大きな手で私の頭を撫《な》でてくれるのが好きだ。

噂のような冷徹無慈悲なんかじゃない、副団長様。

(私があなたを死なせたりはしない、絶対に!!)

「レナさん、こっちです！」

私に追いついたミラーが先陣まで誘導してくれた。近付くほどに大きな音と、騎士たちの声が響き渡るのがわかり、気持ちがはやる。

森を抜け、そびえ立つ岩場がある場所に出る。

大きなグリフォン一頭と、応戦する騎士たちの姿があった。

「エリアス様は!?」

私は辺りを見渡す。

「レナ嬢!?」

グリフォンと対峙《たいじ》する騎士たちから少し離れて作戦を考えていたらしきアクセル殿下が私に気付いたようで、驚愕《きょうがく》の表情を浮かべる。

「殿下！　エリアス様は!?」

「危険な状態だから後方部隊に撤退するよう命令を出したんだけど……まあ、レナ嬢なら来ちゃうよね」

「え……」

緊迫した空気の中でも、アクセル殿下は私に笑いかけてくれた。

「……ミラーが連れて来たのか。でも助かったよ。あのバカ、退《ひ》こうとしないんだから。グリフォンの動きを封じているのが自分だからって無茶しやがって」

殿下は眉尻《まゆじり》を下げながらそう言うと、グリフォンの背後を指差した。

「あいつ、あそこにいるよ」

殿下の差す先にはエリアス様がいた。

グリフォンの背後から離れた場所に位置取り、地面に刺した剣を伝い魔法でその尾を氷漬けにしていた。

エリアス様がグリフォンをその場に縫い留めているうちに、選抜隊が攻撃を仕掛けているようだった。

グリフォンは動きを封じられてもなお口から火を吐き出し、騎士たちを牽制《けんせい》していた。そのせいで上手《うま》く近寄れずにいる。

エリアス様の顔には苦悶《くもん》の色が浮かび、魔法で縫い留めるのが精一杯のように思えた。

「呪い、だよね？　レナ嬢、何とかできる？」

アクセル殿下が私に耳打ちをした。

私は遠く離れたエリアス様の魔力の流れを視る。

氷の魔力がグリフォンへと流れ力を放っているが、混じり合った魔力が逆流している。逆流した魔力にはグリフォンの体内に宿る呪いが浸食している。その呪いとエリアス様の治りかけていた呪いが共鳴して、彼を苦しめていた。

（立っていられるのも不思議なくらいなのに……エリアス様……！）

エリアス様の薬はすぐに飲めるよう、お湯で抽出してから瓶に移し替えてきた。

私は薬の入った鞄を握りしめて殿下を見た。

「殿下、先に私がグリフォンの魔力を封じます。騎士のみんなへの指示をお任せしてもよろしいでしょうか？」

「――そうか……！　わかった。ミラー、レナ嬢をエリアスの元まで送り届けろ！」

グリフォンの体内にも人と同じく魔力が流れているのなら、その源を絶てる。私の意図を汲《く》んだ殿下が乗ってくれた。

「レナ嬢、エリアスのこと頼んだよ！」

「お任せください！」

「よし……ミラー、行け！」

ミラーは返事をすると、私を先導して走り出した。

選抜隊がグリフォンの気を引いているうちに、一気にエリアス様の元へと走る。

グリフォンは金切り声を出しながら正面の騎士たちに火を吐き続けている。ミラーがグリフォンの視界に入らないようぐるりと回り込みながら進むのに付いて行くと、後方に陣取るエリアス様を直線上に捉える。

「エリアス様‼」

力尽きて倒れそうになったエリアス様を、ミラーが間一髪で受け止めてくれてホッとする。

「レ……ナ？」

それでも剣を離そうとしないエリアス様の精神力には驚かされる。

「バカ……どうして来た……前線には来るなと……」

「バカはエリアス様ですよ!!　エリアス様のバカ！　こんな無茶して！」

とっくに限界であろうエリアス様のお説教に、私は言い返した。

「ミラー、これ、エリアス様に飲ませておいて！」

私はエリアス様用の薬が入った鞄をミラーに手渡した。そしてグリフォンの尾に繋《つな》がるエリアス様の魔法――氷に手を置く。

「待て、レナ……何を……」

こんな状況でも私を心配してくれるエリアス様に私は笑顔だけ返した。そして力を使う。

ギャギャギャギャギャ。

私がグリフォンの魔力を一気に吸い出すと同時に、けたたましい鳴き声がその場に鳴り響いた。

魔物に流れる魔力も人間と変わらないと先ほど視てわかった。

だからこそ私には吸い取れる。

グリフォンの魔力が自身に一気に流れてくるのを感じる。轟音《ごうおん》がやみ、そのくちばしからほとばしる火が枯渇した瞬間、アクセル殿下が号令を出した。

「今だ!!」

選抜隊の面々が一気に畳み掛ける。為す術《すべ》もないグリフォンは討ち取られた。大きな爆音とともにグリフォンが倒れた。と同時にその風圧に煽《あお》られ、私もその場に倒れてしまった。

(あれ……グリフォンの魔力の中に呪いが混ざっていたんだっけ)

やけに冷静な頭とは裏腹に、身体に激痛が走る。

「レナ!!」

顔色の戻ったエリアス様が私に駆け寄り、身体を起こしてくれた。

「良か……くす、効い……」

「レナ、喋《しゃべ》るな！　今、薬を……」

エリアス様は私がミラーに渡した鞄から薬を取り出し、飲ませようとした。でも身体に力が入らなくて口が上手く開けない。

「レナ、薬を飲むんだ!!」

必死に呼びかけてくれるエリアス様に応《こた》えたいのに動けない。

「諦めるな、レナ!!」

諦めかけた私の弱い心をエリアス様が叱《しっ》咤《た》する。

「一緒に無事に帰るんだろ！　……俺は……魔物を殲《せん》滅《めつ》できるなら、この先君と一緒にいられなくなっても良いと思っていた。だが——それは嫌だ」

エリアス様は薬を口に含むと、私の唇をこじ開け、口移した。

(ああ、これが最後の思い出なら悪くないかも)

エリアス様に口付けをされ、ぼんやりと夢心地な私は最後の力を振り絞った。

流し込まれた薬を飲み込むと、エリアス様の奥にある呪いの核を直接吸い取る。

ドクンと呪いが移ってきて思わず顔をしかめたが、これで呪いはなくなったはず。

エリアス様は変化に気付いたのか、私を覗《のぞ》き込んだ。

「レナ⁉」

「私が必ず治すって……約束しました」

「……っこの、バカ‼」

エリアス様が怒る声を聞きながら意識を手放した。

◇◇◇

「レナ！　しっかりしろ！」

グリフォンの後始末は他の騎士たちに任せ、俺はレナを抱えて広場へと戻った。

俺の呪いをその身に受けたレナの顔は青白く、ぐったりとしている。

「エリアス、こっち！」

アクセルが回してくれた馬車にレナを抱えたまま乗り込む。

「あなたは……」

馬車に乗り込むと、ソフィア様がアクセルと向かい合って座っていた。

「レナを見せて、エリアス」

驚く俺にソフィア様は静かに近寄ると、レナの身体に手を添えた。

「彼女には私も助けてもらったの。さすがあなたの女神ね、エリアス」

レナに聖魔法を施しながらも、俺をからかう仕草は誰かさんにそっくりだ。

「レナは後方部隊でも無茶をしていたんだな」

彼女の行動を思い、胸が苦しくなる。

「レナは大丈夫よ」

治療を終えたソフィア様の声でハッとし、腕の中のレナを見る。

いまだ目を覚まさないが、青白かった顔が生色《せいしょく》を取り戻す。

「レナの薬はすごいわね。きっと私の力だけでは彼女を救えなかったわ」

「ソフィア、ありがとう」

アクセルがソフィア様に礼を言うと、彼女はするりと馬車を降りていった。

「まだ任務中ですので失礼しますわ」

「じゃあ、私たちは行くよ」

ソフィア様の挨拶にアクセルが眉尻を下げると、馬車は王都に向けて走り出した。

「……良かったのか？」

「緊急事態だったからね。レナ嬢の薬は兄上の理想になくてはならない物だ。彼女を死なせるわけにはいかない」

車窓からソフィア様を見送るアクセルは、視線を動かさずに言った。

「それに、エリアスの唯一が私からレナ嬢になるのなら、なおさらね」

アクセルはその顔を窓に向けたままで、ふざけているのか真面目《まじめ》に言っているのかわからない。

「……許してくれるのか」

アクセルは答えなかった。しかし、その口元には笑みが浮かんでいた。

（レナ、お願いだから目を覚ましてくれ！）

血色は戻ったものの、冷たい彼女の身体を抱きしめた。

ふと握りしめていた彼女の鞄に目がいく。どうやら夢中でレナと一緒に抱えていたらしい。それには俺のための薬がほとんどを占めていた。

どんな気持ちでレナが前線まで来てくれたのか、その鞄を見れば一目瞭然だった。

「レナ……俺だけが生き延びても、君がいなければ意味がない」

彼女の頬《ほお》に手を添える。いつもひたむきに俺を見ていたスカイブルーの瞳は閉じられたまま。

二年前、俺を変えてくれた少女は再び目の前に現れ、知らなかった気持ちを与えてくれた。

それなのに皮肉にも出会った場所で、俺はレナを危険な目に遭わせてしまった。

（すまない……。今度こそ、一緒に生きて欲しい）

第六章　これからも側《そば》に

あのあと私は騎士団の医務室で目を覚ました。

魔物討伐を終えた騎士団は森から引き揚げた。私以外には重傷者を出すことなく、みんな無事だったらしい。

帰りの馬車の中でエリアス様がずっと私を抱きかかえてくれていたらしいことは、アクセル殿下に聞いた。そして、医務室に通って薬を口移しで飲ませ続けてくれていたことも。

アクセル殿下がニヤニヤとしながら言うものだから、私は恥ずかしくて仕方なかった。

そして、ソフィアさんが衰弱していた私を聖魔法で癒《い》やしてくれたことも聞いた。

色々な人のおかげで私は今生きている。

幸いにも私の薬とソフィアさんの聖魔法が相乗効果を生み、命を取り留めたようだ。それでも丸三日は寝ていたらしい。

エリアス様は私が目を覚ましてから医務室に来ることはなく、お会いできていない。

『今、忙しいだけだから心配しないで』

アクセル殿下はそう言っていた。

早くエリアス様の元気な顔が見たい。

はやる気持ちはあるものの、私はひたすら静養するしかなかった。

呪いは完全には消えておらず、まだこの身に残っている。

(薬を飲んで、元気になったら私から会いに行くんだ！)

ふふふとエリアス様のことを想《おも》っていると、医務室の入口が開く音がした。

誰だろう？　と視線をやると、そこには会いたくない人が立っていた。

「レナ、元気そうじゃない」

「おねえ、様……」

ベッドから上半身を起こし、身構える。

「あんた、またやったみたいね？　ほんと、気持ち悪い力！」

嫌悪感を出しながら言い放つ姉の装いを見て、私は驚愕《きょうがく》した。

「お姉様……？　そのドレスは……」

「ああ、これ？　あんたより似合っているでしょう？」

スカイブルーの生地に金糸で縫い付けられた見事な刺繍《ししゅう》のドレスはサイズが直されているようだが、見間違えるはずがない。

「それは私がエリアス様にもらった……！」

バシッ。

叫んだ瞬間、姉の平手が飛んできた。

久しぶりの感覚に何が起こったのかわからない。

「あんた、やっぱり副団長様に取り入っていたのね」

叩《たた》かれたほうの頬《ほお》を押さえて顔を戻すと、冷ややかな姉の視線が目の前にあった。

「三男とはいえ、公爵令息で騎士団の副団長。おまけに、アクセル殿下の腹心の部下ですものね」

姉は口元を歪《ゆが》ませると続けた。

「彼が自分に振り向かないとわかったあんたは、副団長様にその力を使って呪いをかけたのよ。そうね、あの野心家のマテオといったかしら？　あの男と共謀してね」

「何……を言っているのですか？」

あまりのことに言葉がうまく出てこない。姉は私を無視して続ける。

「今副団長様は呪いを隠していたとして、議会にかけられているのよ。もちろんメイソン様も出席されているわ」

「え――」

知らなかった。アクセル殿下はいつも通りの態度だったし、教えてくれなかった。思わずシーツを握りしめる。

そんな私の様子を見て、姉が嬉《うれ》しそうに微笑《ほほえ》んだ。

「レナ、あんた知らなかったのお？　このままいくと、副団長様は極刑ねえ」

（!!　アクセル殿下がみすみすそんなことにはさせないはず――でも……）

「だから、あんたが呪いをかけた犯人として罪を申し出るのよ」

「!?」

下げていた視線を姉に向ける。美しい顔に浮かぶ笑みがますます醜悪に歪む。

「私は副団長様の呪いを解いた聖女なの。神殿が彼の身柄を引き取れるよう議会に進言が提出されている頃よ。ありがとう、レナ。私はメイソン様より素敵な伴侶を得られそうよ」

自分が叩いた頬にそっと手を添えて、うっとりとした眼差《まなざ》しになる。

姉が発する言葉に思考が追いつかない。

「私はこれからこのドレスで副団長様を迎えに行くのよ！　そのまま神殿で婚約式を行わなくちゃ。そのための準備も進められているもの」

「そ、そんなこと……」

「できるのよ。だって副団長様は、私の手を取らないと極刑なんだから」

「でも、どうして関係のないマテオまで……」

「あら、だってこのドレスを私のために盗んできたのはあの騎士よ。罪人同士お似合いじゃない！　無能なあんたは男をたらしこむのだけは得意な悪女だものね。メイソン様のおっしゃる通りだわ」

（どうしよう。どうしたら二人とも救える……？）

この国の呪いに対する考え、メイソン様と神殿の独壇場になっているだろう議会――たとえ殿下とエリアス様が弁明したとしても受け入れられるのか……。

私には為す術《すべ》がない。

「罪を被《かぶ》るのは自分だけで充分です。だからマテオは巻き込まないでください」

再び頭を下げた私の頭上では、姉の高らかな笑い声だけが響いていた。

「ああ！　あの冷徹無慈悲で綺麗《きれい》な顔の男が私に跪《ひざまず》くと思うと、ゾクゾクするわあ！」

「……」

打ちひしがれる私を見て姉が思い出したかのように言った。

「そういえばメイソン様はあんたと婚約するそうよ？　良かったわね、レナ」

「え？」

耳を疑うほどの言葉に私の思考は停止する。

「アクセル殿下がいるから手出しできなかった騎士団を、今回のことで手中にできるって喜んでいらしたわ！」

「だからって何で私を……」

困惑する私に姉は楽しそうに言った。

「あんた、自分の立場わかってんの？　これからあんたは犯罪者になるのよ？　本来なら極刑よ？　それをメイソン様が監視下に置くことで免除してもらえるのよ。良かったわねえ。メイソン様のためにこれから一生、役に立てるのよ？」

ざあ、と血の気が引いた。

(そういう、ことか)

メイソン様は恐らく、私の呪いを治す薬の存在を知ったのだろう。それに加えて私の力を使えば、いろんなことが思うままだろう。

想い合う茶番を繰り返していた二人だけど、メイソン様なら姉の本性くらい気づいていたかもしれない。その上で姉を操り、騎士団を狙っていたんだ。

（このままメイソン様の思い通りにさせちゃダメだ！）

しかし焦りが募る中、首謀者がこの部屋にやって来てしまった。

「やあ二人とも、迎えに来たよ」

「メイソン様……」

紳士然とした笑顔で現れた彼の本性を姉はいまだに知らないのだろう。

「メイソン様！　離席されてよろしいのですか？」

ぱっと可愛《かわい》い笑顔に切り替えた姉は、メイソン様に作った笑みを向ける。

「ああカミラ、神殿からの申し出は提出された。王太子殿下と第二王子殿下が抵抗しているが、時間の問題だろう。君は早くエリアス・クレメントを迎えに行ってやるといい」

「はい！」

側《そば》に来た姉の髪を梳《す》きながら、メイソン様が優しく笑いかける。

姉はにっこりと返事をすると、いそいそと医務室を出て行った。

「本当にカミラは愚かで可愛い奴だなあ」

姉が出て行った後を視線で追いながら、メイソン様は口元を緩ませると医務室の扉を閉める。

出来上がった逃げ場のない空間に私はベッドの上で身構えた。

「レナ、お前は俺のものだ。もう逃がさないぞ？」

コツコツとベッドサイドに近寄ってくるメイソン様を、私は震えながらも必死に睨《にら》んだ。

「俺がたっぷり可愛がってやるから、お前も俺のためにせいぜい働いてくれ」

ベッドサイドにたどり着いたメイソン様に顎《あご》を強引に持ち上げられる。その手を払い、私は睨んだ瞳《ひとみ》を彼から逸《そ》らさずに言った。

「お姉様のことはもうよろしいのですか？」

「ああ、カミラにはもちろん大聖女になってもらうさ。神殿は今や王族も無視できないほど力を付けている。そこに王太子が踏み込んで金のない奴に聖女を使い始めたものだから困ったよ。カミラは神殿の大事な収入源だ」

（聖女を使うですって？　なんて人……）

メイソン様の屑《くず》な発言に怒りを覚える。だが彼は私のそんな想いを加速させる。

「エリアス・クレメントの懐に入らせて俺が騎士団を思うまま操れるほうが、大聖女の婚約者より使えるだろ。それにお前が相手なら、俺も遊べるし？」

「そんなこと、アクセル殿下が許さないわ！」

（そうよ、アクセル殿下もエリアス様も、大人《おとな》しくメイソン様の策にはまる方じゃないもの）

アクセル殿下ならきっと何とかしてくださるはず。

たとえ私が罪人になったとしても、エリアス様も騎士団のみんなも変わらずに過ごして欲しい。

「レナ、お前も愚かだなあ」

にやりと口の端を上げるメイソン様は、目の奥は冷ややかで笑っていない。その表情にぞくりとした。

「騎士団の副団長がこの国で禁忌の呪いを持ち込んだんだ。しかもそれを隠匿《いんとく》していた。もちろん王家はアイツを切るだろう」

「そんな……」

再び私の顎を持ち上げたメイソン様は、顔を歪ませて笑った。

「それにしてもまさかレナがあの呪いの薬を完成させていたなんてな！　王太子のせいで手出しできなかったが、お前の薬室通いも俺のためになっていたというわけだ」

「私はあなたのためになんて作っていない！」

私の発した言葉はメイソン様に届くはずもなく、彼は愉悦の表情で私を見た。

「それで？　あの副団長とも関係を持ったのか？」

「な!?　私、あなたとも関係を持った覚えはないわ」

「冗談だよ」

必死に抵抗する私にメイソン様は楽しそうに笑うと、顎を強い力で掴《つか》んだ。

「痛っ……」

「レナ、お前の力は素晴らしいよ。病気や呪いを吸い出すのは命に関わるから何度も使えないが、薬は違う！　お前は一生薬を作り続けるんだよ。カミラという大聖女のみが呪いを治せる存在であるために」

「私はそんなことのために薬を作ったんじゃない！」

「そんなこと言っていいのか？」

メイソン様は掴んだ顎を寄せ、瞳を覗《のぞ》き込む。

「クレメント副団長の呪い隠匿の責任は騎士団、はたまた団長のアクセル第二王子殿下にまで及ぶ。殿下とクレメント副団長を解任に追いやってもいいんだぞ？　そうすれば、チェルニー男爵領のくだらない政策も白紙だ」

「そんなこと……！」

　できるはずがない、と言おうとして口の中で消えた。

（メイソン様は思惑通り、騎士団を掌握できるまでになったのかもしれない……）

神殿と癒着《ゆちゃく》し、議会での発言権も強い。

「良い子だ、レナ」

　黙り込んだ私からメイソン様は手を離すと今度は両手で私の顔を挟み込み、自分の方を向かせた。

（なんて私は無力なんだろう。エリアス様……）

「お前は嫉妬《しっと》に狂いクレメント副団長に呪いをかけた悪女だが、俺がお前を引き取り、監視下に置いてやるから安心しろ。他の女同様、お前も可愛がってやるからな。チェルニー男爵領の薬事業も、また俺に任せればいい」

「エリアス様……」

　気づけば口に出していた。

「ははは！　偉そうなあの男は神殿の監視の下、俺が操るカミラの言いなりになって生きていくんだ！　大聖女で美人なあいつの夫になれるんだ。あの男も幸せだろうよ！」

高らかに笑うメイソン様の表情は涙で霞《かす》んで見えない。

「今頃議会に承認され、迎えに行ったカミラと婚約式をしているところさ。レナ、お前もあんな男のことなんて忘れるんだな」

（忘れる？　エリアス様を？　そんなこと――）

力の入らない私は、挟まれた顔をメイソン様に寄せられる。

「お前は俺のものだ。一生俺の機嫌だけ窺《うかが》って生きていけばいい」

メイソン様の唇が迫り、恐怖に目をつぶる。

（エリアス様！！！！）

瞬間、エリアス様の顔がよぎった。

私に触れるエリアス様の手は温かくて、いつだって安心できた。

でも、今は――

「嫌だ!!　エリアス様!!」

口に出して叫んだとき、医務室の扉が大きな音を立てて開いた。

「レナを離せ!!」

一番、顔を見たかった人。

一番、声を聞きたかった人。

一番、私に触れて欲しかった人。

私はボロボロと涙を流しながらも、その愛《いと》しい人の名前を叫んだ。

「エリアス様……！」

「な、なぜ貴方《あなた》がここに……！」

医務室に勢いよく入って来たエリアス様に、メイソン様は驚いて私から手を離した。

しかしすぐに胸元に仕舞っていたらしいナイフを取り出すと、逃げようとした私の腕を掴もうとする。

狭い医務室の中、エリアス様は素早く近付くと、メイソン様を殴り飛ばしナイフが床に落ちた。

意識を飛ばしたメイソン様は医務室にあった紐《ひも》で身体《からだ》を縛られる。

「レナ!!」

呼ばれた声に視線を戻す前に私は手を引かれ、逞《たくま》しい胸の中へと閉じ込められた。

「エリアス、様？」

「レナ、来るのが遅くなってすまない！」

エリアス様はそのまま、ぎゅっと強い力で私を抱きしめた。エリアス様の表情は見えないけど、心配してくれているのが伝わってきて、私は堰《せき》を切ったように泣き出した。

「レナ、本当にすまない」

泣きじゃくる私をさらに強く抱きしめ、耳元に顔を寄せる。

「エリアス様……エリアス様……!!」

彼の胸に顔を埋《うず》め、私は何度もエリアス様の名前を呼んだ。

答えるように頭を優しく撫《な》で続けてくれるエリアス様に、私は安心して涙が止まらなかった。

「レナ、何もされていないか？」

しばらくして涙が落ち着くと、身体を少し離したエリアス様に顔を覗き込まれた。

（やっぱりエリアス様の側は安心できる……）

「レナ？」

心配そうな表情のエリアス様にハッとする。

「す、すみません。私は大丈夫です。エリアス様こそ、大丈夫なんですか⁉　身体は？　議会は⁉」

聞きたいことがいっぱいある。まとまらないまま矢継ぎ早に聞く私に、エリアス様は眉尻《まゆじり》を下げた。

「まったく、君は……。俺のことよりレナのことだろ」

「エリアス様だって……」

呆《あき》れたような口ぶりだけど、その表情は優しい。

「俺は君のおかげで大丈夫だ。議会も……心配するな。レナはあいつに何もされなかったか？」

「はい」

「本当に？」

「本当です！」

なぜか必死な顔で聞き返すエリアス様にめいっぱい返事をした。

「……」

（エリアス様？）

見上げた彼の表情は見たことがないほど真剣で、何も言わずに私の頬に手をやった。

金色の瞳が私を捉えて逃げることを許さない。

ドキドキと煩《うるさ》い心臓だけが鳴り響き、まるで時が止まったかのように感じた。

エリアス様はその凛々《りり》しい目を細めると、背を屈《かが》めた。

合わさった視線が徐々に近くなり、吸い込まれそうな瞳に思わずギュッと目をつぶる。

「いやほんと、レナ嬢が無事でよかったよ？　ただ、そういうのは場所を選ばないと、エリアス」

「ひゃっ!?」

突然現れたアクセル殿下の声で、私たちは勢いよく身体を離した。

私は恥ずかしさで顔を赤くさせ、口をぱくぱくとさせる。

エリアス様の身体は震えていた。

「おっ、まえ……」

「いやいや、エリアス、先にこっちを片付けないとね」

私たちを気にするようでもなく、殿下は続けた。

「さて、残念だったね？　シクス伯爵んとこの悪徳令息くん？」

縛られ壁にもたれかかっているメイソン様を見下げながら、アクセル殿下はにっこりと笑った。

エリアス様に殴られ意識を飛ばしていたメイソン様は覚醒し、ぼんやりとアクセル殿下を見上げると驚いた顔を見せた。

「な、なぜ殿下までここに……！　議会は……、神殿は！　カミラは何をしているんだ!!」

「君の婚約者のカミラ嬢なら、すでに窃盗と虚偽罪で騎士団が拘束済みだよ？」

「……は？」

意味がわからないという表情を浮かべるメイソン様にアクセル殿下は不敵な笑みで答えた。

「いやー、うちの騎士団員を脅して副団長付きメイドのドレスを盗ませるなんてねえ。まあその証拠のドレスを着てのこのこ現れるとは思わなかったけどね？」

「!?」

わざとらしく話すアクセル殿下にメイソン様の顔が歪む。

「あいつ……マテオとかいう騎士は、カミラに骨抜きにされていたはず……」

余裕だった表情を崩し、メイソン様が焦りを見せている。アクセル殿下は飄々《ひょうひょう》と話を続けた。

「馬鹿だね～。カミラ嬢に全《すべ》ての男が誘惑されるとでも？　君はその点では彼女に任せすぎたね。こっちはマテオの妹に害が及ばないよう、彼にそう演技させただけだっていうのに。カミラ嬢はすっかり信じたみたいだけど？　よっぽど自分に自信があるんだろうねえ」

「カミラのほうが騙《だま》されていただと……？」

メイソン様が信じられないといった表情で呟《つぶや》く。

私も殿下の話に驚き目を瞬《またた》いた。

「はは！　カミラに騙されていたのは私もですよ、アクセル殿下！　まさか私の元婚約者がそんなことをしていたなんて！」

メイソン様は光の速さで姉を見限った。

（なんて最低な人なの!!）

「カミラ嬢は、君の指示だと言っているけど？」

「ちっ、あの女……」

メイソン様の手の平返しにも動じずアクセル殿下が告げると、メイソン様は舌打ちをする。そして居直る。

「証拠はあるんですか、殿下？　あの女は、私とレナのことを妬《ねた》んで虚言をついているのです！　実際、彼女はレナの悪評を流していたでしょう？　本当は愛し合っているんです、私たち。だから私とカミラの婚約も破棄されているでしょう？」

「な――」

メイソン様のとんでもない嘘《うそ》にカッとなる。

そんな私をエリアス様が制し、メイソン様の視界に映らないようにしてくれた。

「それに貴方の罪を救えるのは私だけですよね、クレメント副団長？」

気味悪く笑うメイソン様にハッとする。

（そうだ、エリアス様は呪いのせいで議会に追及されているはず……）

「そこのレナが画策して、貴方に呪いをかけたのです。カミラが拘束されたとしても、貴方は教会の監視下に入るはずだ。でも安心してください。悪女でも、愛する女だ。私の監視下に置き、二度と貴方に害をなすことはさせませんし、副団長の地位も議会にかけあって、確約させますよ」

（エリアス様を救うには、私が呪いをかけたことにするしかない……？　そうしないと極刑にされてしまうんだ……）

「まったく、よく回る口だねえ」

ペラペラと話すメイソン様に、アクセル殿下は呆れて息を吐くと笑った。

「凄《すご》いねえ、さすが悪徳伯爵令息」

「な、な？」

にっこりとメイソン様に目線を合わせ屈んだアクセル殿下は、騎士服の懐から何やら紙の束を出した。

「それ、は――」

「うん。神殿の裏帳簿」

驚くメイソン様に帳簿を指で挟んでヒラヒラと見せる。

「ふむふむ、兄上の邪魔をしてきた家の名前がズラリだねえ。神殿に裏金を積んで聖女の力を独占してきた貴族たちだ。そして、それを斡旋《あっせん》していたのはメイソン、君だね？　悪徳伯爵令息くん」

「くっ……！」

殿下は楽しそうに目で帳簿を追うと、それを閉じてメイソン様の目の前に差し出した。

「おっと」

帳簿を口に挟んで奪おうとしたメイソン様を殿下がひらりと躱《かわ》す。

「ねえ、帳簿がこれだけじゃないのは君も知っているでしょ？　あとはぜーんぶ議会に提出済みだよ？」

「なっ……帳簿はバラバラに保管させていたはず……！」

「うん。それは苦労したなあ。さすがメイソン！　でもカミラ嬢に罪を軽くするって言ったら、ペラペラと帳簿の場所を話してくれたよ。神官長はカミラ嬢にも話していたみたいだね。それに、君に加担していた貴族たちは全員牢屋《ろうや》行きだ。その貴族たちが口を揃《そろ》えて君に唆《そそのか》されたと話している」

「そんな……」

がくりとメイソン様は床に手を突いてうなだれた。全てを掌握していたはずのメイソン様は裏切られたのだ。

「もちろん神官長も拘束、神殿は兄上の下再構築されるよ」

アクセル殿下の追い打ちの言葉にメイソン様は魂が抜かれたように呆然《ぼうぜん》としていた。

「連れて行け」

殿下が外に控えさせていた騎士たちに命令すると、彼らは医務室に入って来てメイソン様を捕らえた。

「ふふ、はははは！　私を追い詰めたかもしれないが、神殿を掌握しようと、クレメント副団長が呪いを国に持ち込んだ事実は変わらない！　貴方はレナに罪を押し付け、保身に走るしかないんですよ！　レナは……、俺のものだっ!!」

メイソン様はもう一つナイフを隠し持っていたらしく、自身を縛る紐を切っていた。そのナイフを手に騎士たちを振り切ると、私をめがけてきた。

しかしそのナイフが私に届く前に、彼はエリアス様によって医務室の外までふっ飛ばされた。

「レナはお前のものじゃないし、俺はレナを犠牲になんてしない」

「エリアス、やりすぎー」

エリアス様がきっぱりと告げるも、彼は気を失って聞いていない。アクセル殿下は苦言を呈しながらも笑っていた。気を失ったメイソン様はすぐに騎士たちに連れて行かれた。

エリアス様の言葉は嬉しかったけど、議会に言い逃れできない事実がまだ不安を追い立てていた。

「レナ、君の姉だが、罪を軽くすると言っても窃盗の罪だけだ。虚偽罪を軽くはできない。あの英雄アシル・ローレンを救った手柄の横取りと事実を捻《ね》じ曲げたこと、師匠が議会で証言してくれた」

「アシル様が……？」

不安を募らせる私に、エリアス様が安心させるように優しい声色で教えてくれた。

「いやー、レナ嬢は凄いよねえ。あの師匠を動かしたんだから」

「え、あの？」

アクセル殿下も感嘆を漏らしながら私に歩み寄る。

「それだけ騎士団にレナが必要ということだ」

エリアス様がふわりと微笑み、私の頭に手を置く。

（ああ私、エリアス様の隣にまだいたかったなあ）

エリアス様の大きな手の温《ぬく》もりに幸せが込み上げる。その幸せがあれば私は……。

「エリアス様」

「何だ、レナ？」

呼びかけた私に優しく返してくれる。

「私がエリアス様に呪いをかけました。だから、エリアス様は被害者です」

「!?　何を……」

この国が呪いに対して理解が無いのは知っている。だからこそ今回エリアス様の呪いが明るみに出てしまったのなら、誰かが責任を取らないといけないだろう。

(だったら、私が一番適任だよね)

アクセル殿下もエリアス様も、この国のためになくてはならない人たちだ。薬のことは殿下に託そう。

これは私の身勝手だ。

(お母様ごめんなさい。私、誰よりも何よりもエリアス様を救いたいみたいです)

最後は笑ってお別れをしよう。

自分が望んでいたことを台無しにしないように、泣かないように、私は精一杯笑顔を作った。

「レナ、このバカ!!」

しかし、私の一世一代の覚悟は、エリアス様の叱責によっていなされた。

「な……?　えっ?」

何を言われたのかわからず、呆気《あっけ》にとられる。

「薬師《くすし》が自分を犠牲にして患者を放り出すのか?　君らしくもない」

「なっ!?　魔物討伐で無茶をしたエリアス様には言われたくないです!　あ、あのときも私のことバカって言いましたよね!?」

「レナだって俺のことを二回もバカだと言ったぞ」

「こ、細かいですよ！　私との約束を破ろうとしたくせに！」

「それはレナもだろ！」

「……」

売り言葉に買い言葉でいつの間にか言い合いになってしまったが、彼の言葉に詰まる。

「今だって俺のために自分を犠牲にしようとして……このバカ」

その表情から私を元気づけようとしてくれているのが伝わった。

「無事に一緒に帰るんだろう？」

あのときの約束を確かめるようにエリアス様が言った。

「でもエリアス様……議会が……極刑が」

「心配するなって言っただろ？」

落ち着かない私にエリアス様が言い聞かせる。

「あーあ、二人とも、不毛な言い合いだねえ」

私たちの様子を見守っていたアクセル殿下が痺《しび》れを切らして口を開いた。

「おい……」

責めるように声をかけるエリアス様に殿下が呆れて言った。

「だーって、呪いの件だってほぼほぼ解決なのに、二人で言い合ってるから」

「え、解決？」

アクセル殿下の言葉に私は反応する。

「……すまない。詳しく話していなかったな。呪いについては正式に国が存在を認めた。呪いを受けた者も極刑にはならない。安心してくれ」

「え!!」

驚きのあまり、二人の顔を食い入るように見た。

「あとはレナ嬢、ちょーっとだけ協力してくれる？」

「？」

アクセル殿下が両手を合わせながらウインクした。

「兄上にこれから会ってもらえる？」

「え……えええええ――!?」

突然のことに私は思わず大声で叫んでしまった。


「お姉様ー！」

医務室を出ると、マテオに連れられたエマちゃんが駆け寄って来て私に飛びついた。

「エマちゃん！」

可愛い天使を抱きとめて彼女の魔力の流れを視《み》た。

「私、お姉様の薬をちゃんと飲んで大人しくしてたよ？　偉い？」

私の目をじっと見つめる可愛い瞳に思わず頬が緩む。

「うん、偉いよー」

ぎゅうとエマちゃんを抱きしめると、彼女も「きゃー」っと喜びの声をあげた。

「エマ嬢は騎士団で密《ひそ》かに保護していたんだ。案の定、あの偽聖女がマテオに妹の治療のことで近寄って来たからね」

「事前に団長から指示を受けていて良かったです。あの女に惚《ほ》れたふりをすることで、エマを巻き込まずに済んだので……。これもレナが薬を多めに渡してくれていたおかげだ。ありがとう。そして、任務とはいえすまなかった……」

殿下の説明にマテオが付け足し、頭を下げる。

(そういうことだったんだ)

いつものマテオの表情に、私はホッとした。

「マテオ、頭を上げて？　エマちゃんを守るためだもの。気にしないで！」

「レナ……」

私の言葉にマテオは申し訳なさそうな表情のまま顔を上げた。

「マテオもなかなかの役者だったね。レナ嬢のドレスのことをカミラ嬢に話したら、彼女すぐに食いついたよ」

楽しそうに事の真相を話す殿下を思わずジト目で見てしまう。

「もしかして殿下……全てあなたの計画ですか？」

「いやー、敵を騙すには味方からって言うでしょ？　レナ嬢に演技とか無理そうだし？　ごめんね？」

全ての元凶はアクセル殿下だ。なのに、しれっと謝られた。

「まさか、エリアス様も知って……？」

「いや俺は、あの女があのドレスを着て現れるまで何も知らなかった」

「いやあ、エリアスの驚きと怒りの顔、面白かったな〜。『お前！　そのドレスはどうした？』だもんなあ。いやー、百点満点の反応だったよ！」

「お前……なあ……」

笑いながら話すアクセル殿下に、エリアス様は本気で怒って震えている。

「お姉様、お兄様のこと嫌いにならないで〜！」

「エマちゃん、どうしたの？」

急にドスンと抱きついてきたエマちゃんに、私は視線を合わすように屈む。

「お兄様は私のためにお姉様に酷《ひど》いこと言ったり、やったりしたの。だから許して」

「エマ……」

うるうると訴えるエマちゃんは本当に天使で、マテオが後ろで困惑していた。

「わかってるよエマちゃん！　心配しないで！　マテオも嫌な役をさせてごめんね。全部アクセル殿下の策略だったんだもんね」

「レナ、本当にすまなかった。理由はどうあれ、お前を傷付けた事実は変わらない。でも俺はエマのためだけじゃなく、お前をあの姉から救うためだと思ったからこそ、この任務を受けたんだ」

私たちと同じ目線にマテオも腰を落とし、エマちゃんの肩に手を置いた。

「ありがとう、マテオ」

マテオの想いに感謝して笑顔を向けた。

「レナ……、俺は……」

マテオが何か言いたそうにこちらを真剣に見つめている。緑色の瞳が力強く見開かれる。

「俺は、お前のことが……！」

マテオが言い終わる前にぐいと後ろから手を回され、身体を引っ張られる感覚がした。

振り向けばエリアス様の腕の中に収められ私は立っていた。

「エリアス、大人気《おとなげ》なーい」

「うるさい！　王太子殿下をお待たせしているんだ！　早く行くぞ！」

私たちを見守っていたアクセル殿下が楽しそうに言うと、エリアス様は怒って私の手を引き、歩き出した。

（確かに、王太子殿下をお待たせしてはいけないわね！）

エリアス様に付き従いながらも、私は後ろを振り返って言った。

「マテオ、エマちゃん、ごめんね！　またね！」

エマちゃんは笑顔で手を振り、マテオも頭をガシガシかきながら手を振ってくれた。

「お兄様!!　副団長様相手でも怯《ひる》むことはありませんわ!!」

「わーお、エリアス、ピーンチ」

後ろではふんすと意気込むエマちゃんに、楽しそうに反応するアクセル殿下、複雑な顔で私たちの後ろ姿を目で追うマテオがやり取りしていたが、私には聞こえなかった。


エリアス様に連れられ騎士団の応接室に入ると、アインシュ・ラ・リナンファ王太子殿下がソファーに腰掛けて待っていた。アクセル殿下と同じ銀色の髪に金色の瞳、王族の装いで威厳がある。エリアス様に続いて礼をすると、なぜか殿下の隣にソフィアさんがいて私の元に駆け寄ってきた。

「レナさん、無事で良かった！」

ふわりと抱きしめられ、驚きながらも私は感謝を伝える。

「ソフィアさん、私に聖魔法を使ってくださったそうで、本当にありがとうございました」

「いいのよ。レナさんは大切な友人で、この国になくてはならない人なのだから」

「え……」

女神のような美しい笑顔で私を見つめるソフィアさんの言葉に胸が温かくなりながらも、後半部分に首を傾《かし》げる。

「わー、妬《や》けるねえ」

すると遅れてやって来たアクセル殿下の声が応接室に響いた。

「殿下」

「遅いぞ」

ソフィアさんが私から離れ殿下に礼を、エリアス様は腕組みをしながら呆れた声で言った。

「まったく、我が弟ながらマイペースだ」

王太子殿下は笑いながら立ち上がると、ソファーを指し示して言った。

「さあ皆、座ってくれ」

王太子殿下の言葉で私はエリアス様の左側に並んで座った。目の前には左から王太子殿下、アクセル殿下、ソフィアさんが並んで座っている。

「さて、アクセル、エリアス、ソフィア、そしてレナ嬢、今回のことは君たちのおかげだ。ありがとう」

威厳がありながらも温かな笑顔で接してくれる王太子殿下は、雰囲気がアクセル殿下と似ている。

「ソフィア、長期にわたる神殿への潜入、苦労をかけたね」

「いいえ、これもこの国のためですわ」

王太子殿下と親しげにソフィアさんが話す。

貴族だとは思っていたけれど、ソフィアさんって何者？　と疑問を抱いたところでアクセル殿下が私の心を読んだかのように言葉を発した。

「あっレナ嬢、ソフィアは私の婚約者ね？」

「えっ!!」

驚いてアクセル殿下を見る。隣のエリアス様に視線を移せば頷《うなず》かれた。もちろん私以外はご存知なのだ。

「ソフィアは兄上の政策に協力するために、神殿に聖女として潜入してくれていたんだ。もちろん、私の婚約者ということは伏せてね？」

「アクセルもすまなかったな。婚約者の存在がありながら、いつまでも隠すような真似《まね》をさせてしまって」

（……そういえば第二王子でありながら婚約者も浮いた話も無いせいで、アクセル殿下と冷徹無慈悲な副団長様のロマンス話が一部のご令嬢の間で人気だったな）

「レナ嬢、今よからぬこと考えてたでしょ」

「す、すみません！　今まで忘れていたことですし、信じてはおりませんので!!」

またしても私の心を読んだかのようなアクセル殿下に、慌てて謝罪した。

それから改めて王太子殿下からお話を伺った。

神殿はいつからかお金儲《もう》けのため貴族主義になり、ここ数年でそれが顕著になっていたこと。それが王太子殿下の政策の邪魔をしていたこと。

「シクス伯爵家の悪事を暴《あば》けたことにより、ようやく神殿を正常にできる」

そう言って嬉しそうに目を細めた王太子殿下の表情が印象的だった。

ソフィアさんは聖女の仕事をしながら、順番待ちの国民の治療をできる限り請け負っていたが、それに限界を感じていた。神殿に従うふりをしながら内情を探っていたのだという。二年前、突如として大聖女候補になった姉カミラとメイソン様の動きを突き止めたのはソフィアさんだそうだ。

「薬室から呪いの薬の報告は上がってきていたが、私も迂闊《うかつ》に動けなくてね。君が作ったと聞いた。

すまなかった」

「いえ!!」

王太子殿下が頭を下げようとしたので、慌てて私が先に頭を下げる。

「呪いに関しては聖女が治せない以上神殿の手に余る。その上、原因のわからない病として伝説となっていた。そこに力を付けていた神殿とシクス伯爵を筆頭とした貴族たちが禁忌として定義付けてしまった。救える命を私は――」

王太子殿下は悔しそうに顔を歪ませていた。

母の犠牲もあって完成した薬を見過ごされていたことを思うと私も悔しかったが、王太子殿下の苦悩を感じ取って救われた気分になった。

「兄上からその薬の存在を聞かされて確かめるために薬室を探ったら、ソフィアが突き止めた胡散臭《うさんくさ》い大聖女候補の妹が作ったっていうじゃない？」

エリアス様は魔物討伐で呪いを受けた。王太子殿下に相談したアクセル殿下が薬のことを聞き、調べていたようだ。

「まあ、本物かな？　って疑うよね。変な噂もあったし」

「う……」

アクセル殿下に姉妹共々疑われていたとは。

「でも神殿に偵察に行ったとき、あのエリアスが女の子を構っていたじゃない？」

「おい」

楽しそうに話すアクセル殿下をエリアス様が止めようとするが、殿下は気にせずに続ける。

「ソフィアから噂はどうもカミラとメイソンがばら撒《ま》いているらしいとは聞いていたけど、本人を見てみないとねえ？　まあ実際、師匠を助けてくれたあのときの子だって知ってびっくりしたんだけどね」

「え……そんな顔、されていました？」

　さらっと話すアクセル殿下に私は驚いた。あのとき、まさか私に気づいていたなんて。

「エリアスがすぐにレナ嬢に惹《ひ》かれているのはわかったよ。初恋の子だもんね！　神殿について来たのも、二年前の子を探すためでしょ？　なのにエリアスってば再会しても気づかないんだもん。レナ嬢をエリアス付きのメイドにしてあげたんだから、感謝してくれても――」

「アクセル！」

「？？？」

　アクセル殿下の話に頭が追い付いていけない。きょとんとした私の顔を見て、アクセル殿下はさらに続けようとした。

「え？　レナ嬢、まさか気づいてなかったの？　それは鈍すぎるよ――」

「あーもう、話はこれでいいだろう！」

　アクセル殿下の話は途中なのに、ぐいとエリアス様に手を掴まれソファーを立たされた私は、そのまま彼に連れられて応接室を出ていく形になった。

「ちょ、エリアス、まだ話はこれから――」

止めようとしたアクセル殿下を振り返るも、三人は笑顔で手を振っていた。

とりあえず失礼だとお怒りな様子もなかったので、大人しくエリアス様について行くことにした。


「あーあ、エリアスのやつ、本題の前にレナ嬢連れて行っちゃった」

レナたちが出て行った応接室でアクセルが呟いた。

「お前がからかうからだろう！」

「だって兄上、あの冷徹無慈悲と言われた、人にも女性にもまったく興味の無かったエリアスがですよ？」

「あの様子だとエリアスはレナを手放さないでしょうね」

「……薬室に戻ってもらう話は諦めるしかないか。でも、薬は騎士団でも作れるだろう。アクセル、頼んだぞ」

「言われなくともレナ嬢ならそうすると思うし、エリアスもそのつもりでしょうね？」

三人は嬉しそうに笑い合った。


「エリアス様!?」

エリアス様に導かれ、騎士団の中庭へと続く廊下を歩いて行く。

こうしてエリアス様に手を引かれるのは何度目だろう。

（アクセル殿下の軽口なら真に受けないのになあ……）

表情は見えない。

中庭に足を踏み入れたところで、ようやくエリアス様の足が止まった。

「あの……エリアス様？　私、アクセル殿下の話を真に受けたりしませんよ？」

握られた手が離れる。

（エリアス様の初恋？　それは私のほうであって、そんなことあるはずないのに）

「レナ」

目を伏せていると低い声で呼びかけられた。

「どうしてドレスのこと、俺に相談しなかった」

「へっ……」

視線を上げれば、拗《す》ねたような顔のエリアス様が私を見ていた。

「え……だって、アクセル殿下が任せろって言ってくださったし、討伐前のエリアス様に余計な心配をかけたくなくて……え⁇」

説明の途中なのに、エリアス様が頭を抱えていた。

「そこからか。あいつはいつも勝手に面白がって……いや、そもそも普通、あそこでバラすか⁉」

アクセル殿下によほど怒っているのか、エリアス様はブツブツと呟いている。

（ここが引き時かな。このままだと離れがたくなるもの）

私は笑顔を作ると、エリアス様をまっすぐに見上げた。

「エリアス様、あなたの呪いは完全に治してみせました。私は騎士団を出て薬室勤めに戻ろうと思います。短い間でしたが、お世話になりました」

姉が罪に問われた以上、チェルニー男爵家にもお咎《とが》めがあるのはわかっている。私はこれ以上ここにいるべきではない。

領民たちの薬のことは、引き続きアクセル殿下が手配してくださると約束してくれた。これからは安心して薬を作っていける。

（これからはこの国のため、エリアス様を陰からお支えするため、薬室で為すべきことをしていこう）

全てが解決して、今度こそ笑ってお別れをしよう。

作り笑いの私にエリアス様が怖い顔になる。

「……レナは俺の専属メイドだろ」

怒りを含んだ声のエリアス様に迫られ後ずさった私は、後ろにあった中庭のベンチに身体を落とした。

「エリアス様の呪いは治ったのですから、メイドはもう必要ないかと……」

「君の呪いは完全に治っていないだろう」

「私は自分で薬を作れますので」

そう言って顔を上げればエリアス様と目が合う。

「私は薬師ですので、あるべき場所へ戻ります」

パッと目を逸らして言った。その金色の瞳に捕まってしまえば、欲が出てしまう。

（エリアス様の側にもっといたいなんて思っちゃダメだ。これ以上は団長であるアクセル殿下がきっと許さないもの）

　立ち上がろうとすると、ベンチの背もたれにエリアス様が手を突き私を囲い込んだ。

「俺は君が騎士団から出て行くことを許さない」

「騎士団で得た情報はもちろん口外しませんので、どうか……」

「レナは俺の側を離れたいのか!?」

「でもエリアス様……」

　彼の真剣な瞳に想いが溢《あふ》れて止まらない。

「私はエリアス様のことが好きです。メイドでも何でも、エリアス様の側にいたい。でもチェルニー家の私が側にいたら迷惑をかけてしまうから……」

「じゃあ名前を変えて側にいてくれ。俺が生涯守るから」

　いつの間にかエリアス様の顔はすぐ側にあり、至近距離で視線が合う。それと同時に二人の唇が重なった。

「ん……」

　エリアス様にベンチに縫い留められ、その甘い感触に酔いそうになる。

　唇が離れたところで、ぽーっとしながらも首を傾げた。

「……偽名を使うってことですか？」

「レナ、ここまで言ってもわからないのか？」

溜息《ためいき》を漏らしながらエリアス様の眉尻が下がる。

（それって、エリアス様も私と同じ気持ちだってこと……？）

「……わかるまで教えてやる」

「!?」

エリアス様の口角が上がり、私の心音が加速していく。

「エ、エリアス様――」

「メイドなら主人の命《めい》に従うものだろう」

（待って、まだ心の準備が……!!）

彼の顔が迫り再びキスされそうになったとき、中庭に声が響いた。

「レナさーん！」

「ユーゴ!?」

緩んだエリアス様の腕から慌てて顔を出せば、ユーゴが中庭に続く廊下を走って来ていた。

「良かった～！」

「目を覚ましたんですねー！」

ユーゴの背後からはミラー、他の団員たちも続々と続いていた。

「レナさん！　騎士団で薬を作りながら、これからも俺たちのことを視続けてくれるって本当ですか？」

「レナさんが騎士団に残ってくれるなんて嬉しいです！」

腕から抜け出すと私は騎士たちの元へと慌てて逃げた。

「どういうこと？」

「団長がそう言っていましたよ」

ユーゴが嬉しそうに答えた。

「私もまた毎日通うね！　ね、お兄様？」

「エマちゃん！」

先ほど別れたはずのエマちゃんがマテオと手を繋《つな》いで私の前に歩み出た。

「ああ。これからもよろしく頼む、レナ」

マテオは優しい兄の顔で私を見た。

アクセル殿下がどういうつもりかわからないけど、とりあえず私はこれからも騎士団にいていいらしい。

大好きな騎士団のみんなと、エリアス様とお別れしなくていいんだと思うと嬉しくなった。

「うん！　任せて！」

エマちゃんの手を優しく握れば、マテオと繋いでいたほうの手をエマちゃんが引き寄せ、三人の手が重なった。

私は二人の顔を見て笑った。エマちゃんは嬉しそうに顔を綻ばせ、マテオはなぜか顔を赤くさせながら眉尻を下げた。

「レナさん!!　備品倉庫はこれからも俺たち二人で守っていきましょうね！」

重ねた三人の手の上に、ユーゴの手が重なる。

どうしたのか鼻息が荒いユーゴにくすりと笑う。

「もちろん！　ユーゴ、これからもよろしくね？」

ユーゴの顔がパアッと明るくなったところで、エマちゃんが何か呟いた。

「ちっ、弟風情《ふぜい》が」

「うるさーい！　マテオさん、妹にどんな教育をしているんですか⁉」

「まあまあ」

ユーゴとエマちゃんが可愛く言い合いをして、マテオはツンと口を閉ざしている。そこにミラーが止めに入る。

（ああ、いつもの騎士団だなあ……）

みんなが賑《にぎ》やかに言い合う日常に胸が震えた。

「レナさん！　また俺の武器、視てくださいよ！」

「俺も！　レナさん、俺の訓練視てください！」

私たちのやり取りを見守っていた騎士たちが一斉に周りを囲んだ。

「みんな……はい！　訓練場に行きましょう！」

騎士たちを見回すと笑顔とともに、はーい！　という声が中庭にこだました。

彼らから離れた後ろの方へ目をやれば、アシル様が優しく微笑んでこちらを見ていた。

私のために自身の呪いまでも証言してくれたアシル様に会釈した。

騎士団のためにこの力を使うことで、私は彼の恩義にも報いることができるだろう。

「あー、レナ嬢ってば人気者だねー」

「お前……こうなることをわかっていて、騎士団に薬室を作ることを許可しただろう？」

いつの間にか現れたアクセル殿下がエリアス様と何やら話している。

「ふふ、皆、レナ嬢が大好きだからね？　しばらくはエリアスだけのレナ嬢じゃなくて、騎士団皆のレナ嬢かな？」

ニヤニヤと笑うアクセル殿下に、エリアス様は顔を覆っていた。

どうしたんだろう？　と思っているとエマちゃんから手を引かれる。

「お姉様、行こう？」

「あ、うん……」

エマちゃんに向き直ると、急に後ろから抱きしめられた。

「エリアス様!?」

「レナの居場所はここだろう？」

「み、みんなが見て……」

騎士たちは一斉に驚いて目を点にしながらも、私たちを凝視している。

「見せつければいい。レナは俺の専属メイドだとまだわかっていない者もいるようだからな」

「ええええ!?」

「エリアス、心狭ーい！」

「副団長様、宣戦布告ですわねっ！」

私の心臓は破裂寸前なのに、エリアス様は離してくれない。

アクセル殿下は楽しそうに野次《やじ》り、エマちゃんは謎に可愛いことを言っている。

騎士団みんなの目が生温かいものに変わり、呆れたように訓練場へと散って行く。

冷徹無慈悲の顔を崩した副団長様は、私の耳にその唇を近付ける。

「今度、主人以外の男に触れたらお仕置きだからな」

甘い声でそんなことを囁《ささや》くエリアス様に、私は赤くなりながらも頷いた。

あとがき

はじめまして、海空里和と申します。この度は『無能で悪女な妹は冷徹無慈悲な副団長様のお茶汲み係』をお手に取ってくださりありがとうございます。

本作は第三回アイリス異世界ファンタジー大賞にて銀賞を受賞し、加筆修正の上、書籍化いたしました。思い入れのあるこの作品を、憧れのアイリスＮＥＯ様より刊行していただけたことが幸せで、感動しております。

このお話は虐げられながらも、他人のために一生懸命になってしまう女の子が居場所を得て、幸せになるお話です。私は「努力は報われない」と頑張る人を否定する言葉があまり好きではありません。確かに世の中全てが上手くいくわけではありません。でも、頑張る人を見ている人は必ずいる、そんな世界であって欲しいと思ってこの作品を書きました。ヒーローのために頑張る女の子が大好きなこともあり、書いていてとても楽しかったです。物語のように優しいことばかりではないかもしれませんが、頑張る皆様の心に少しでも何かを届けられていたら嬉しいです。

そして今作が私のデビュー作です。何もかもが初めてすぎて、担当編集様にはたくさんのお力添えをいただきまして、感謝でいっぱいです。散らばった私のお話に道筋をつけてくださり、まるで魔法のようでした。レナやエリアスをはじめとしたキャラクターたちがＷＥＢ版より魅力的になりました。本当にありがとうございました。私を担当してくださったことを誇りに思ってもらえるような作家になれるよう、これからも精進したいと思います。

キャラクターといえば、ぽぽるちゃ先生が描いてくださったイラスト全てにときめきが詰まっています。お茶汲み係のみんなの声が聞こえてきそうで、全員抱きしめて回りたくなりました。ぽぽるちゃ先生、素敵なイラストを、レナやエリアスたちに命を吹き込んでくださりありがとうございました。

最後になりますが、この本を出版するにあたってご尽力いただいた全ての方々に深く感謝申し上げます。ありがとうございました。

そして今まさに、これを読んでくださっているあなたへ一番に感謝を伝えたいです。たくさんの書籍の中からこの作品と出会ってくださり、ありがとうございました。

またどこかでお会いできましたら幸いです。

海空里和

IRIS NEO

『転生したら悪役令嬢だったので引きニートになります　～チートなお父様の溺愛が凄すぎる～』

著：藤森フクロウ　イラスト：八美☆わん

5歳の時に誘拐された事件をきっかけに、自分が悪役令嬢だと気づいた私は、心配性で、砂糖の蜂蜜漬け並みに甘いお父様のもとに引きこもって、破滅フラグを回避することに決めました！　王子も学園も一切関係なし、こっそり前世知識を使って暮らした結果、立派なコミュ障のヒキニートな令嬢に成長！　それなのに……16歳になって、義弟や従僕、幼馴染を学園を送り出してから、なんだかみんなの様子が変わってきて⁉

『捨てられ男爵令嬢は黒騎士様のお気に入り』

著：水野沙彰　イラスト：宵 マチ

「お前は私の側で暮らせば良い」
誰もが有するはずの魔力が無い令嬢ソフィア。両親亡きあと叔父家族から不遇な扱いを受けていたが、ついに従妹に婚約者を奪われ、屋敷からも追い出されてしまう。行くあてもなく途方にくれていた森の中、強大な魔力と冷徹さで“黒騎士”と恐れられている侯爵ギルバートに拾われて……？　黒騎士様と捨てられ令嬢の溺愛ラブファンタジー、甘い書き下ろし番外編も収録して書籍化!!

IRIS NEO

『指輪の選んだ婚約者』

著：茉雪ゆえ　イラスト：鳥飼やすゆき

恋愛に興味がなく、刺繍が大好きな伯爵令嬢アウローラ。彼女は、今日も夜会で壁の花になっていた。そこにぶつかってきたのはひとつの指輪。そして、“氷の貴公子”と名高い美貌の近衛騎士・クラヴィス次期侯爵による「私は指輪が選んだこの人を妻にする！」というとんでもない宣言で……!?
恋愛には興味ナシ！な刺繍大好き伯爵令嬢と、絶世の美青年だけれど社交に少々問題アリ!?な近衛騎士が繰り広げる、婚約ラブファンタジー♥

無能《むのう》で悪女《あくじょ》な妹《いもうと》は冷徹無慈悲《れいてつむじひ》な副団長様《ふくだんちょうさま》のお茶《ちゃ》汲《く》み係《がかり》

2024年6月5日　初版発行

初出……「無能で悪女な妹は冷徹無慈悲な副団長様のお茶汲み係」
小説投稿サイト「小説家になろう」で掲載

著者　海空里和

イラスト　ぽぽるちゃ

発行者　野内雅宏

発行所　株式会社一迅社
〒160-0022 東京都新宿区新宿3-1-13 京王新宿追分ビル5F
電話　03-5312-7432（編集）
電話　03-5312-6150（販売）
発売元：株式会社講談社（講談社・一迅社）

印刷所・製本　大日本印刷株式会社
ＤＴＰ　株式会社三協美術

装幀　世古口敦志・丸山えりさ（coil）

ISBN978-4-7580-9646-1

おたよりの宛て先
〒160-0022 東京都新宿区新宿3-1-13 京王新宿追分ビル5F
株式会社一迅社　ノベル編集部
海《み》空《そら》里《り》和《わ》 先生・ぽぽるちゃ 先生
